最強の毒

本草学者の事件帖

汀 こるもの

角川文庫
24072

目次

第一話　最強の毒

一

調べようがない、というのが同心の出した結論だった。毒殺など、おおむね石見銀山鼠取りのたぐいを盛ったのであろうと。

たとえ違ったとしてそれが何だ、と言わんばかりだった。

青木紺之介は一人、暗闇の中、日暮里の畦道を走ることになった。

その虫が見つかったのは浅草の蔵前の札差、大戸屋の厨房の味噌汁の鍋だった。

夕食を食べた番頭が死んだ一件で、同心は賄いを作った雇われの娘たち二人を捕縛。

娘たちは涙ながらに反駁した。

「昨日の昼、丁稚の鶴平が日暮里の先生のところでおかしな虫を触って怠けていて、番頭さんに仕置きされていた。きっとあの子だ。番頭さんを恨んでいたんだ。あたしたちじゃない」

だが同心も目明かしたちも、誰も鍋の虫を調べようとはしなかった――調べる方法がない、その一言で。

娘たちは二人とも紺之介と同じく十六、七のおぼこい乙女。同心が彼女らを疑う理由は「若いおなごが年かさの男を恨むことなどいくらでもあろう」――

卑劣な毒などに頼るのは非力なおなご、とも。

もう夜遅いので縄を打って番所に留め置き、明日の朝、小伝馬町の牢に移す。

牢に籠めた後、詮議で問い詰めて〝自白〟させる。たとえ相手が若い女でも、穏便な手段とは限らない。

その前にあらゆることを検討するべきだろう。

紺之介は密かに懐紙で虫を取って包み、懐中にしまい込んで夜道を走った。

殿様の侍医ならともかく江戸市中の医者のほとんどは〝ごっこ遊び〟、医学書など読んだこともなく薬草の名も知らないまま看板を上げているだけで、虫の毒などわからないという。

わかるのはただ一人――

郊外の畦道はうっすら下肥臭い。道中一回転んで、適当な農家で道を聞いた。

「先生の家なら西の端だよ。水車が回っているからすぐわかる」

転んだのを手当てしてもらうのか、と逆に農夫に聞き返された。

日暮里は江戸の北、北方を守護する上野の寺々が途切れたその先——仏法の守護の及ばぬ地と言うと仰々しい。田畑ばかりというだけで、今どき山賊が出るほどではない。江戸の郊外はどこもよく言って空気が綺麗な大名の別荘地、悪く言って狸しか住んでいない農村。日暮里は見渡す限り畑で夜闇の中に農家の灯りは数えるほどだが、振り返れば根津の岡場所の明るいのが見える。市中の喧噪に飽きた者が世捨て人を気取るには丁度いいのだろう。

日暮里に学者だか何だかが住んでいるのは以前から噂に聞いていた。いわく。

——出島帰りの蘭学者で蘭方医、平賀源内の再来。

——兄は瀬戸内檜打藩の御庭番頭、奸物の家老をわずか十五歳で暗殺して主を筆頭家老に押し上げた手練れの忍。兄のために必殺の毒を練っている。

——舶来の奇態な赤茄子を育て、その毒で数人を殺めた。

一つ目はまだしも二つ目、三つ目になると真面目に聞く方がどうかしていた。文政の御世に忍の者なんかいてたまるか。

中くらいの檜打藩士の身内が住んでいるのは本当で、武家の末端である同心ごときでは迂闊に触れない。だから皆、聞かないふりをしたのだ。

紺之介も並みの目明かしなら忖度しただろう。

だが紺之介は人並みではなかった。〝同心の弟〟だが兄は目明かしの真似事をよく思っておらず、背が低くて人と同じことをしても他の者に後れを取る。

人のしないことで手柄を挙げるしかない。

味噌汁から見つかったのが毒虫であればよい、と不謹慎な願いを抱いてすらいた。

やがて、噂の水車が見えた。

畑に囲まれた家は手狭だがきちんと生け垣に囲まれた瓦葺きで、夜目でははっきり見えないがあばら屋などではない。老後に晴耕雨読の暮らしをするならこれくらいの家がいいのだろうか。農夫が言った通り屋根ほど高い大きな水車がギイギイ軋みながら回っていて、奇妙な影はそうと知らなければ狐狸妖怪のたぐいと思ったかもしれなかった。

玄関で応対したのはやはり若い娘だった。

「はいはい、誰か急病ですか？」

「ここの主は医者なのか？」

「知らずにこんな時分に？　面白いお人」

娘がころころ笑うのを、紺之介は十手を見せて黙らせた。草履を脱いでそろそろと中に上がる。

醤油の匂いがした。

「──日本橋の料亭が食あたりを出して潰れたんだ、まいったよ。オソナレがうまかったのに」

「和さんはてめえで飯作れるのに、わざわざ日本橋まで飯食いに？」

「オソナレは自分じゃ無理だから」

「人の欲得は限りがねえなあ」

「朝さんに欲がないんだ」

話し声は若い男二人だ。襖の向こうは座敷だろうか。深く息を吸って吐いて、紺之介は一思いに襖を開けた。

座敷では衝立の前に灯りがあり、焜炉に鍋を置いて、男二人が遅い夕食の最中だった。匂いからして葱と鶏の鍋だろうか。

一人は明らかな異相――蓬髪を後ろで束ね、髷も結わないならず者だ。家の中とはいえ、襦袢に小袖を引っかけただけで帯を締めていないので前が開いていて下帯まで見えた。こんなだらしない男は生まれて初めて見た。若い娘がいる家で。

もう一人は町人髷だが羽織姿で、高価そうなビイドロの眼鏡を鼻先に載せていた。大店の隠居がしているような眼鏡は鼈甲だが、この男の眼鏡は細い銀細工で理知的に見えた。――どう考えても〝先生〟と呼ばれるのはこの眼鏡の人物だろう。なぜ教養のある学者がならず者を家に引き入れて飯を食わせているのか。施しだろうか？

「御免！　定廻り同心・青木蒼右衛門が弟、紺之介である！　こちらに学者が住んでいると聞いた！」

紺之介は声を張った。若輩と侮られるわけにいかなかった。

が、箸を置いたのは眼鏡の方だけで、蓬髪の男は皿を手に肉を頬張り続け、小骨を吐いた。

「慌てるない和さん、こちとら飯食ってるだけで十手持ちに踏み込まれるほどの悪人じゃねえぞ。牛食ってるならともかく軍鶏（シャモ）だ」

蓬髪が言った途端、眼鏡の男は紺之介から視線を外して友を振り返った。

「牛なんか食べたことがあるのかい、朝さん」

「出島のカピタンのとこでな。うまかったが脂が強くて食った後、胃の腑（ふ）につかえる」

「出島まで行かなきゃ無理かあ」

「ここら辺の獣肉屋（ももんじい）で出してんの老いぼれか病で死んだのばっかでうまくねえだろうな」

話を聞いて、紺之介は愕然（がくぜん）とした。

出島のカピタンとは、長崎の和蘭陀（オランダ）商館の長だ。鎖（とざ）された日の本で唯一、外国に開かれた出入り口。ならず者が口にする言葉ではない。

――蓬髪で半裸の方が出島帰りの学者？　嘘だろう？　野人だ。

「一体何者なのだ」

紺之介はつい声に出して尋ねていた。

「誰かも知らずに押しかけて来たのかよ、飯の時分に」

確かにいかにも失礼だった。動揺しすぎた――いや、髷を結っていないのはおかしくないか。

男が髪を掻（か）き上げると、思いがけず澄んだ切れ長の目が現れた。

無精髭（ぶしょうひげ）など一本もない色白の細面だった。鼻筋が通って唇が薄く、整っているが酷薄な印象もある。二十代半ばか、白皙の美貌は盛りの過ぎた桜を思わせる。もう一雨降ればば散ってしまうが、まだ華やかな美男だ——今は女のようだが五年もするときっと骨から人相が変わる。

「一回やるからよく聞いとけ」

どうやら芝居のように名乗るときに見得を切るらしい。

「医学も薬学もやるがそれ以外も何でもやる。人に獣、魚、草木、鉱石、地理に天文。国学も漢学も蘭学もごった煮の節操なし。生きてるもの、生きてないもの、天地神明の〝コトワリ〟の全て、この世で識りたいことは全部識る業突く張りの本草学者。檜打藩出身の香西朝槿だ。——浪人だけどな」

灯りに目が慣れると、ぼさぼさの髪も芝居の鬼女のようだ。整った美男が牛を食う話をしていたとは、まるで大江山の酒呑童子だ。美貌で血まみれの人喰い鬼。

「森羅万象は理でつながってるのに、てめえの得意で学問を区切るのは馬鹿馬鹿しい。それでも強いて言や得意は植物学で世間から求められるのは医者の技」

——言葉は格好をつけるわりに、帯を締めたりはしないのか。もしかしてこの男、美男は無礼でも許されると思っているのだろうか。だとするとただ無礼なだけより罪が重い。顔がいいことでいかがわしさは増した。

「不吉だから皆、朝さんと呼んでるけどね。わたしは悪友の石舟和斉。薬種問屋のせがれで戯作者だ」

目が慣れてくると眼鏡の和斉は柔和な目つきだ。薄手の羽織を着て、おっとりとしていかにも育ちのよさそうな大店の若旦那だ。しかし半裸の美男と飯を食っていたと思うと見方が変わる。

「で、世にも珍しい女の十手持ちが何の用だ」

――見抜かれると思っておらず、紺之介は声を失った。総髪に結った髷は、髪結いが月代を剃ってくれない。羽織袴を着込んで早足で歩いても人に何か言われることはないのに、髪結いに頭を触らせると皆が皆、紺之介が男でないのに気づいて怖じ気づき、長さを揃える程度にしか剃刀を使わない。

「おっ、女の⁉」

和斉の方は声をうわずらせ、紺之介をじろじろと眺め回した。

「ほっそりした凛々しい美童なのかと……」

「頑張って低い声出して乳はさらし巻いて潰してるんだろうが、のどぼとけが出てない。袴の締める位置が高い。腰のくびれが大きい。骨盤が女だ。手首も細い。女形とは逆だ」

朝槿はすらすら言った。――喰うために肉づきを品定めされていたみたいで、紺之介は背筋が伸びた。

「まあ十手持ちは走り回るんだから役者の衣装みたいな工夫はできねえだろうし。和さんを騙せるんならなかなかのもんだ。よほど助平じゃなきゃ気づかねえ」

「す、助平は貴様だろう。女などと侮辱を」

紺之介は必死で言い返したが、朝槿は鼻で笑った。

「本当のこと言って侮辱も何も。おれは興味ねえよ、女も男も。人なんか見慣れちまって。目玉や金玉が三つあるならともかく、着物脱がしたら普通の女じゃおれの蒐集には入れられねえなあ。乳首三つは結構在るから要らねえ」

――人を人とも思わぬ言い草にはらわたが煮えくり返るが、紺之介が言い返す前に和斉が自分の羽織を朝槿にかけた。

「娘さんの前でその格好は駄目だ！　着替えて、朝さん！」

「何でぇ急に慌てて」

結局朝槿は和斉に押し切られ、隣室で着替えることになった。

彼が着替えている間、紺之介は改めて室内に目を凝らす。

衝立には雉の絵が描いてある。羽毛の描き込みが精緻でなかなかの品だ。床の間に刀掛けや香炉はないが、漢詩の掛け軸がかけてあって簡素な素焼きの一輪挿しに小さな三角の白い花が咲いている。

しべなど花の中心部は下の方にあるのに、上から円錐状に花びらがかぶさっている。

大きな菫のような、小さな菖蒲のような、どちらにも似ていないような。

白い花びらの端が薄紫に染まっていて玄妙な美しさだ。

――花が綺麗など女々しい。紺之介はかぶりを振った。

醤油の鍋の匂いでわかりにくいが、行灯が魚油臭くない。天ぷら屋みたいな匂いをさせているところも珍しくないのに――行灯ではなく燭台に蠟燭が点っている。燭台の高さはまちまちで揃いの調度ではなさそうだが三つもある。貧窮してはいない、暮らし向きには余裕がある。風流心もある。

学者らしい書物や薬研、秤などはないが、よその部屋に置いてあるのだろうか。ここの他に書斎や寝間が別にあるはず。それに水車の機関部分？　普通、何か仕掛けを回すためにあるのだろう。

「お客さん、どうぞ」

と、娘に声をかけられ、座布団を勧められた。おりつという名でおさんどんで通ってきている近くの農家の娘らしい。紺之介は渋々、腰を下ろした。

おりつは箸と皿も勧める。皿には生卵が割り入れてあった。

「お客さんも和先生の軍鶏鍋、どうぞ。和先生お料理上手だから」

朝槿に勧められても断っただろうが、おりつだったので紺之介は食べてみることにした。

軍鶏は並みの鶏よりよく動くので肉に歯応えがある。ささがきの牛蒡と芹、根深葱が醬油と味醂で甘辛く煮込まれて、生卵を絡めると実に美味だった。料理上手というのはお世辞ではない。この煮汁の混じった生卵だけで白い飯を食えそうだ。

「うまい」

紺之介が一言こぼすと、おりつが嬉しそうにうなずいた。床の間の可憐な花は彼女が活(い)けたものだろうか。男には気が回るまい。

やっと朝槿がそれらしく羽織まで着て鍋の前に座したが、羽織は面白いほどよれよれだった。目のやり場ができただけで髪もぼさぼさのままだ。

「待たせたな、少年。で、何の話しに来た」

紺之介は咳払(せきばら)いした。

「毒に詳しいと聞いた」

「――まさか赤茄子(あかなす)の件か!?　ありゃ罪になんのか!?」

朝槿は勝手に慌てた。

「一昨年の話だし、毒でも何でもねえけどご近所から文句が来てすぐに刈ったよ！　もう作ってねえ！」

「……何だと？」

「違うのかよ」

急に落ち着いた。何かよほどまずいことがあったらしい。

「……カボチャや青木昆陽(あおきこんよう)先生の甘藷(かんしょ)に倣って舶来の救荒作物研究してたら、玉蜀黍(トウモロコシ)やジャガタラ芋のときは何も言わなかった隣近所がトマトのときだけやれ毒の赤茄子だの鬼の仕業だのギャーギャー騒いで読売にまで書かれて……そうまで苦労したのにトマトがあんまり好きな味じゃなかった、味噌汁(みそしる)に入れてもうまくねえ。ジャガタラ芋はうまくて滋養もあるがなぜだか流行(はや)らねえ」

朝槿はぶつぶつ言って拗ねているようだった。

――近年、舶来の野菜が評判なのは紺之介もうっすら知っていた。カボチャ、南京瓜、あるいは唐茄子は煮ると甘くて家族の皆が好きだが、父だけが「わしが子供の頃にこんなものはなかった」と食べもせず忌み嫌っていた。

そして八代吉宗公肝煎の甘藷、薩摩芋。青木昆陽の上申で飢饉に備えて作り始めたが美味だと世間で評判になり、「九里（栗）よりうまい十三里」と呼ばれて道端で焼いて売るほどになった――紺之介の知る本草学者といえば〝甘藷先生〟青木昆陽だった。

「……貴殿は野菜の研究者なのか？」

急に、紺之介は声から力が抜けた。忍の手先なんて噂にすがった自分が恥ずかしくなって。

「そうでもねえ、折角畑があるからやってみたかっただけ。何でもやるから」

「だが毒を練っているというのは読売が書き立てた根も葉もない悪口なのだろう」

「毒もあるが」

紺之介が意気消沈しかけたとき、朝槿はしれっと言った。

「ジャガタラ芋の芽は腹を壊すし、床の間のそれは世にも稀なる〝白い鳥兜〟だ。季節外れでしかも白、江戸中探したってよそにはねえぜ」

朝槿は床の間を指さした。一輪挿しに咲く、小さな三角の花。

「狂言で有名な附子、あるいは烏頭。心の臓の弱ったのに効く薬草だが弱ってなきゃ身体に悪い。——鳥兜は普通のでも紫の花が可憐で活け花として映える。そいつは那須塩原で見つけた珍品。高値で売れると思って根っこごと持って帰ったのに今時分に咲きやがって、集めた蜂蜜が台なしだよ。仕方ねえから首を討って晒してやってんだ」

医者は蜂蜜で丸薬を練って丸める。朝槿は蜂を巣箱で飼って自分で蜂蜜を集めていたが、鳥兜の花が咲いて一滴でも蜜が混じってしまうともう使えないとか何とか——

「ど、毒草を育てているのか」

　紺之介は戦慄した。一瞬でも美しいと思ったのを後悔した。

「漢方の薬だ。鳥兜は根っこを湯通ししたり蒸したりして毒を弱めてから干して附子にする。附子が怖くて本草学者ができるかよ」

「綺麗な花じゃない附子はうちの店にもあるよ」

　和斉がのんびり言って鍋の底をさらえていた。

「鳥兜は食ったら苦くてまずいから怖がんなくていいぜ。気づいてから吐いても十分助かる」

「……食ってうまい毒などあるのか？」

　紺之介が訝しむと、

「たまにはある、紅天狗茸はうまい」

　朝槿はあっさり答えた。

「椎茸よりいい出汁が出るが滅茶苦茶に腹を壊す。しかも赤くてイボイボでいかにも毒茸でございって顔してやがる。男おだてりゃ河豚くらいは食わせられるが紅天狗茸を食わせるのは無理だ」

「持っているのか、紅天狗茸を」

「干したのなら。月夜茸の方が使いやすいぜ。茶色い茸なら見分けつくやつはほとんどいねえ。月夜茸は暗いとこで光って、食うと幻が見えるんだ。小っちゃい大名行列が見られるってんで一回試したけど腹下すばっかで全然だった」

「どさくさに紛れて聞き捨てならないことを言ったな……」

和斉が呆れていたが、紺之介は核心に近づいて手に汗を握った。——噂通りの怪人物の片鱗が見えた。

「で、では、貴殿は虫の毒もわかるか」

「毒虫っていや蜂や百足で酒に漬けたのがあるが、おれが一家言あるのは椿につく毛虫だな。近く通っただけで肌がかぶれて、何なら椿の木のそばに干した手拭い使っただけでもやられる。たまんねえから兄者に頼まれた花椿を三株全部伐っちまった」

無駄話につき合っていられないので、紺之介は話を進める。

「黒っぽい黄金虫のような毒虫に心当たりはあるか？　細長い半寸ほどの」

「御器囓じゃねえのか。汚いが毒はねえ」

「真面目に答えてくれ。お前の蒐集で、これに似たものは——」

紺之介は袂から懐紙に包んだ虫を——

出そうとしたが、それらしいものがない。

　後ろを向いて、懐も探ってみるがなかなか見つからない。

「出てこねえのかよ、段取り悪いな」

「朝さん、そろそろご飯入れるからこの辺さらってくれ」

「へーい」

　男二人がわいわい言って雑炊を煮ている間、紺之介は下帯の中まで捜したが、結局、虫を包んだ懐紙はどこにもなかった——気落ちして座布団に戻った。

「……どうやらここに来るまでに落っことした……」

　一回転んだあのときなのだろうか。

「ドジッ子かよ。ものがないなら絵に描いてみるとか」

「虫の絵など描いたことがない」

「じゃおれが描こうか。どんなだ」

「黒い甲虫」

「それだけかよ。翅(はね)に模様は。翅のないやつもいるな。胴体の色、頭の色は。脚は何本だ。六本より多いか」

　朝槿にまくし立てられて、脚の数など数えていないのを思い出した。

「……わからん。見たらわかると思うが」

「毒っていうが蜂みたく毒針なのか虻(アブ)や百足みたく毒牙(どくが)なのか毛虫みたく毒毛針なのか

毒蛾みたく毒鱗粉なのか椿象みたく毒汁が滲み出すのか。放屁虫の屁は間近で浴びると肌がかぶれるから毒屁もあるか」

「屁ひり虫とは何だ、真面目に言っているのだぞ」

「こっちだって真面目だよ」

「人が死ぬほどの虫などそう多くあるまい。心当たりを全て見せてくれたらわかる」

「何だその態度は、人に教えを乞いに来たなら教えてください朝槿先生くらい言え」

話にならん、とばかりに朝槿はかぶりを振った。

「おめえ十は年下だろうが、おれは若造の浪人だが士分だぞ。おれだってタダで出島まで行ってきたんじゃねえ。出島行く前に四書五経もやってるんだ。本草学には儒学も入ってる。偉大なる知への敬意はねえのか。今どきの十手持ちは皆そうか」

朝槿に早口でまくし立てられると紺之介は言葉に詰まった。――まだ四書五経は素読も終えていない。掛け軸の漢詩も読めない。

四書五経は同心に必要な知識ではないが、並みの男ができないことができるくらいで丁度だと兄に言われた。

紺之介は座布団から降り、ぴしりと背筋を伸ばしてから畳に指を突いた。

「――夜分、突然に訪問した非礼を詫びる。申しわけない。ご教授願いたい、朝槿先生。人が殺されたやもしれぬ。悪が裁かれなければ死んだ者が浮かばれない。助力を頼む。何か知っているなら教えてくれ」

謝罪の言葉は思いのほかすらすらと出た。

――死んだ者が浮かばれない。

その言葉がしっくり来た。

手柄はほしい。娘も助けたい。

しかし誰も好きこのんで殺められるわけではない。紺之介のために人殺しの下手人がいるのではなく、悪党を捕らえるために紺之介は十手を持っているのだ。

紺之介は飯を食うためでも馬鹿話を聞くためでもない、正義をなすためにここに来た。

朝槿の返事はない。顔を上げると、彼の姿はなかった。和斉が鍋を杓子で掻き回し、茶碗によそって紺之介に差し出した。

「はい。食べて待ってなさい」

紺之介が座布団に戻り、おずおずと受け取ると、和斉はおかしそうに笑った。

「あの人、あなたに頭下げられてびっくりしてたよ」

「……頭を下げろと言ったのは向こうでは？」

いや、「敬意を払え」だったか？

「賢いくせに馬鹿なんだよ。後先を考えてない。国許に帰れば御典医様でお殿様のお脈を取って偉そうにして遊んで暮らせるのに、こんなところでトマトでしくじったとか椿の毛虫が刺すとか言ってるんだからね。威張るのが得意じゃない」

「あなた、ご友人なのでは」

もっとただならぬ関係に見えたが口に出すのは憚られた。

「ここ五、六年は悪友。だけどわからないね、月夜茸を試したのは知らなかったし。この眼鏡も作ってもらったんだ、鼈甲縁だとどうしても年寄り臭く見える。朝さんの眼鏡をかけるようになってから前より女にもてる。ありがたい」

和斉は得意げに眼鏡を押し上げた――今のは男色ではないということだろうか。

意味を測りかねつつ、紺之介は雑炊をすすった。軍鶏と野菜から実にいい出汁が出ていて、それらを飯が吸った完璧な食物。味覚に関しては和斉は信頼の置ける人物だ。あるいは鬼が牛馬や人肉など喰らわないよう、和斉が美味な食事を与えて人情を説いて躾けている最中なのかもしれなかった。

紺之介が雑炊を食べ終わる頃、和綴じの本を何冊かと小さな茶色い壺を持って朝槿が戻ってきた。壺には木の蓋がされ、墨で字が書かれ、縁を紙と糊で封じてある。しかし端の方は封がめくれて隙間が空いていた。

「芫青――青娘子――青斑猫。カンタリス。外用すれば皮膚に刺激を与えて出来物の膿を出し、内服すれば利尿剤となる。媚薬とされることもある。漢方では攻毒、毒をもって毒を制する薬、体液の停滞に効き血行をよくする。が、毒性が強すぎて滅多に処方されない。別の薬を使った方が早い」

朝槿は座布団に座ると、手の上で振って壺の中身を振り出した――

小さな青い黄金虫が一匹、朝槿の手に乗った。黒っぽいのが蠟燭の光でうっすら青く見える。人さし指の先、一節くらいの大きさだろうか。とうに死んでいるのか動かない。

「斑蝥の毒！　わたしも初めて見た」

和斉が大声を上げて手の上の虫を覗き込む。眼鏡が手に触れそうなほど。

「悪い家老がこっそり殿様に盛るやつだよ、粉にして」

「和さんのそれは戯作の話だろ。講談？　憎たらしい亭主や継子を殺すならこんなもん使わなくても」

「石見銀山鼠取り？」

「砒石か。おれなら季節外れの馬鹿貝を毎日煮て食わす。そのうち貝毒にあたっておっ死ぬ」

「気の長い話だね？」

「一回二回で終わらせようとするからばれるんだ。恨みつらみがあるなら覚悟決めて何年か雌伏しねえと。武家の当主や嫡男だけおかずが一品多いのは狙い目だぜ。てめえが食わねえ理由ができる。亭主に貝を食わせててめえは豆腐食ってるような女房には気をつけろ。それに夏場に炊いて二日三日経った飯。糸引いてるようなのは後引くぜ」

朝槿の言葉は韻を踏んでいるのだろうか。江戸っ子らしくない冗談だ。顔つきが綺麗でも冷たいと思ったが、見た目通り陰湿な性根でもある。

「毒を振り回すより、勝手に食あたりになってもらった方が後腐れなくて証も残らねえ。ちなみにこれは去年、壺ごと和さんとこの店の手代から買ったやつだ」

「何でわたしが知らないんだよ、その話は」

「そりゃ面目があるからだ。大枚はたいたらしいぜ。少年、おめえが期待してたのはこいつか？」

和斉と入れ替わりに、紺之介も顔を近づけて見た——普通の黄金虫は緑色。これは蠟燭の光で青にも紫にも見える。瑠璃色？　美しいと言えば美しい。

江戸では近頃、笹紅なるものが流行っている。緑の玉虫色の紅が、女の唇に塗ると赤く変わる。緑の輝きをほんのり残して。きっとこの瑠璃色も口紅になったらもてはやされるのだろう。

笹紅も、秘伝の調合と言うが何が入っているか知れない。

紺之介は唇を噛み締め、うなずいた。

「——これだ、と思う」

「なるほど、ようくわかった」

朝槿は本を伏せて上に壺と青の黄金虫を置いた。

無造作に左手を出す、そこに和斉が雑炊の茶碗と箸を載せる。息の合った動きはどこからどう見ても男夫婦、あるいは乳母日傘？

「——朝槿先生はその斑猫、ここ最近、人に見せたか？」

「見せたと言やあ見せた」

「わたしは見せてもらっていないのに」

和斉が恨みがましく言った。

朝槿は雑炊をかき込んだ。もう冷めているのか、ありがたみのない速さですすり込む。かまわずに紺之介は話した。

「浅草、蔵宿の大戸屋で今日、番頭に手代に丁稚、合わせて十人も死んだ。まだ後二人、虫の息だ」

「十二人⁉」

声を上げたのは和斉で、朝槿は雑炊が口に入っているからか眉を動かしただけだった。

「当初は食あたりも考えたが、賄いの味噌汁に妙な虫が入っていた。元気なのは外で蕎麦を食って夕食を食べなかった手代、賄いの娘二人と丁稚が一人。兄上――同心の青木様は娘が毒を盛ったと怪しんでいるが、拙者は丁稚の鶴平を疑っておる。丁稚の鶴平は里心がついたか昨日の昼頃、仕事を怠けて日暮里辺りをぶらついて、仕置きを受けたと聞いている」

「にっ……」

「そういやあ昨日、道に迷った洟垂れの餓鬼がうろついてたからおりつが茶菓子か何かで餌付けしてたな」

絶句する和斉の横で朝槿が他人事のように言い、鍋の残りをこそげていたおりつが固まった。

「あ、あたし、先生が小僧さんにお昼ご飯出してやれって言うから、お味噌汁とご飯と、いつぞや和先生がお土産に持ってきた金平糖を……」

「わたしも巻き込まれるのか⁉」

紺之介は二人とも無視することにした——おりつには気の毒だが。

「鶴平は番頭に邪険にされていた。番頭に軽んじられれば丁稚仲間にも疎まれるであろう。皆を恨んで味噌汁に毒を盛る理由がある。——先生、貴殿がカンタ……斑猫を見せて先ほどと同じ話を鶴平にもしたのではないか」

「おれがそそのかしたってのか？」

朝槿は二人と違って冷ややかで、少しも焦った様子がない。

「いや。鶴平が飴をもらって喜ぶ無邪気な小僧を装って油断させ、この家に忍び込んで密かに壺から斑猫を盗み出したのであろう。貴殿は近所では有名なしの……造詣深い薬学の名人と知られている」

忍の弟、というくだりは避けた。

「子供の顔で絆して家に入れば、薬棚から何ぞちょろまかせると思って。——拙者は先生を罪に問うつもりはない。斑猫の毒など誰にでも手に入るものではない。その白い鳥兜のように、江戸のここにしかない毒なのだろう。この家の壺から盗み出された、それだけ認めてくれればよい」

紺之介はもう一度頭を下げた。流石にこの男の管理不行き届きまで罪に問うことはできまい——

「拙者は娘二人の罪を晴らしてやりたいのでござる。夜が明け次第、小伝馬町の牢に入ることになっている。ひとたび牢に入ればひどい仕置きを受ける——」

だが紺之介が言い募るほど、朝槿は顔が白けていった。うまくもなさそうに雑炊を完食し、米一粒も残らない茶碗を置くと、一度大きくため息をついた。顔をしかめたままがりがり頭を掻きむしり、そのうち喚き始めた。

「世間の人間が虫けらに興味ねえことなんか知ってたけどこれほど目が節穴だとはな!」

悲痛な叫びは、自分がしくじって後悔しているという風情ではなかった——いや、後悔は多少感じられる。

「味噌汁に浮いてたのは、大方、食い残しに御器囓が飛び込んでたんだろうよ間抜け! 志あるお武家の若様は御器囓を正面から見たことねえのか!? こちとら竹林の七賢に倣って、他人が阿呆なの気にしないで生きていこうと必死で頑張って郊外でおとなしくしてるつもりなのに、阿呆の方から押しかけてくるたぁどういう了見だ!」

一方的に喚きちらして、朝槿は和斉の顔を指さした。

「罪はおめえにもあるぞ、和さん」

「え、わたしが何を。丁稚さんに会ってないよ」

「斑猫の粉薬もそうだし、前に、針に毒塗って刺したら一発で死ぬ話を書いてただろう。誰も真に受けねえたわごとだと思ってたから放っといたのに、まんまと世間が騙されてんじゃねえか! 毒には致死量ってもんがあるんだよ! 石見銀山なら一人前の大人の体重が十五貫として一・二三五グレイン！」

「針につかないかな？　長い針なら」

まくし立てる朝槿に、和斉は言いわけした。

「十二人を殺す石見銀山は四分の一匁で、混ざり物もあること考えると結構な量だ。よく言われるたとえだが、一樽の下肥に灘の清酒を一合入れたらどうなる」

「酒が勿体ないかな」

「逆に灘の清酒一樽に一合の下肥を入れたら」

「やっぱり酒が勿体ない。飲めなくなる」

「十二人分の味噌汁は一人あたり一合の、お代わりして二合かける十二で、大鍋に二升と四合」

朝槿は青い黄金虫を摘まみ上げた。

「そこにこの虫を一匹入れるとどうなる」

「二升と四合の毒薬に」

「ならねえよ。ただの虫の入った味噌汁だ。除けて飲みゃいい。おれだってそれくらい除ける」

「嘘だあ。先生こないだ味噌汁に虻が入ってた汚いって大騒ぎして食べなかった」

おりつが口を尖らせると朝槿は視線を逸らして話も逸らした。

「汚い綺麗はてめえの感じ方の問題だが毒が毒として働くには理がある！　蝦夷松前藩

じゃ鳥兜を矢毒に使う。矢の先に毒を塗って、あちらの熊は図体が一間半もあって虎より怖えのを一発で打ち倒す！」

「針に毒を塗って刺せば死ぬんじゃないか」

「全然違えよ。蝦夷の矢尻はそれ自体が三角形ででかくて幅が半寸くらいある」

朝槿は左手の親指と人さし指を「半寸くらい」に開いてみせる。

「蝦夷の矢尻には大きい穴が空いてて、そこに鳥兜の根っこをすり潰して練って丸めたのを詰め込んで熊に射込むんだ。傷口に鳥兜を突っ込んででかい熊殺すには、ただ尖った矢尻にぺたっと薄い鳥兜の汁を塗っただけじゃ役に立たねえんだよ。でかい矢尻にでかい鳥兜の丸薬。鳥兜の毒は熱で弱まるから煮詰めて濃くはできない。強い弓と矢尻で熊の分厚い毛皮に穴を開けて、すり潰した鳥兜を濃いまま傷にぐりぐり押し込んでいく工夫が必要だ」

「痛そうだね」

「痛いに決まってんだろが。眠るように美しく死ぬなんておとぎ話だ。ほっそい針に毒じゃ工夫が足りねえ。これが毒の理だ。山野に生えてる鳥兜をその辺の鹿や兎が喰らって死ぬことはまずない。鹿や兎を追い払って喰われずに済めば鳥兜は万々歳で、殺生して楽しいことは終いだ。口から入ってもそんなに効かない。苦いからペッと吐き出してあちらにはねえ」

——鳥兜で熊を殺したい、心の臓の薬にしたい、山菜に似ていて間違えて食べてしまうというのは全て人間の都合。鳥兜の罪ではない。

ただ珍しいかわいい白い花と侮ったのも朝槿の浅知恵で、彼はこの春の蜂蜜を失った。

鳥兜の本質は毒であって毒ではない。

朝槿の論は禅問答のようだった。

「毒は〝食わせる〟〝肺腑に吸わせる〟〝触らせる〟〝傷口から突っ込む〟、種類によって理が違う。理が間違ってたら何にもならねんだよ。夜中に髪の長い女が神社で藁人形に釘打ってたっておれは何とも思わねえ」

彼が何とも思わなくても普通の人は怖い。自分が呪われていなくても寝込む。丑の刻参りより毛虫が怖いとは独特の見解を持っている。

「人に毒を使うには毒の理の他に人の理も必要だ。カンタリス食わせる人の理は？　戯作や講談じゃどう使う？」

「斑猫は粉にして、悪い家老がお殿様の御膳にサラサラと」

和斉が指で何か揉むような仕草をした。朝槿は鼻で笑った。

「馬鹿だな。殿様のお毒見役は山ほどいるのに、そいつら巻き込んでいいならカンタリスでなくていいじゃねえか。そりゃ石見銀山、砒石の理だよ。お毒見も皆殺しのつもりで無味無臭の毒をこっそり入れるならその辺で売ってる鼠取りで十分だ」

「お毒見は何をどうしたって巻き込む」

「おれならお毒見すっ飛ばして殿様だけやれるぜ」

朝槿はうやうやしく御膳を差し出すように両手を上に上げ、作り声を出した。

「〃お殿様におかれましては近頃、覇気が薄れていらっしゃるご様子。こちらは南蛮渡来の人魚の肉、精がつきまする。少々くせがあるやもしれませんが良薬は口に苦しと申します。一個丸ごと、一息にぐっと。しばしのご辛抱でござりまする〃――」

朝槿は手を下げて口を歪めた。笑っているのかもしれない。

「こう言やあ見慣れなくても変な味がしても、殿様は食う。なるべく小さいのがいいな、おめえが半分食えって言われても〃貴重なものでございますのでわたくしどもには勿体ない〃って拒めるように。それでも毒見に回されて違うやつが倒れたら、効き目が強すぎて体質に合わなかったとか何とか言って逃げるんだよ」

ぬけぬけとほざくので、和斉が鼻白んだ。

「……それで具合悪くなって倒れたら、ばれるじゃないか」

「死んだらばれるのは砒石でも一緒だ。他のやつに根回ししてどうにかするんだろ。結果が同じなら変な小細工するもんじゃねえ、真正面から行く」

「朝さんは出島帰りの蘭方医だから何言っても信じると思って」

「それもおれの立派な取り柄だ」

――〃家老を殺した忍者の弟〃が言うとすごい。家老と言わず、兄と言わず、自分で殿様を殺したから国許に帰れないのではないか。瀬戸内の小藩で何があったとしても同心やその弟の知ったことではないが。

「殿様ってな気ぃ遣う仕事なんだ。風呂がぬるい、羽織がほつれてる、飯がまずい、何か言ったらそのたび家臣は切腹だ」

「今どきあんまりつまらないことで何人も死なせたら御家お取り潰しだ」

「だから毎日食う飯の味が一回くらい変でもいちいち賄い番を殺したくねえ。今日は我慢しようか、となるんだよ。気に入らねえことあったら怒鳴りちらすのはその辺の商家の番頭の怒り方、怒っても相手が死なねえ三下だよ。殿様になると静かなもんだ。膳の見た目は賄い番が整えて中身は毒見が調べてるが、全部終わった後に小蝿が入り込むのは止められねえし、殿様本人は文句を言わねえ。――相手の性格のいいのにつけ込む」

人でなしの台詞だ。

「口から入る毒で殺すには、性格のいい相手に我慢をさせる。それには元からの立場を利用する。逆に殿様からご家老。継母から継子。姑から嫁。上士から下士。強い者から弱い者に押しつける。明らかに変なもんでも〝最近元気がないからこのお高い薬を飲め〟って偉い人に言われたら下っ端に拒む方法はねえ」

「何て悪逆非道な話でござるか」

「毒ってな悪逆非道なもんだろうが」

紺之介が憤慨すると、朝槿はおかしそうに笑った。

「何だと思ってたんだ。本物の毒はそうとわかってても避けられねえ。これが人の理だ。毒は力の弱いやつが使うってな思い込みだぜ。強いやつと弱いやつで使い方が違うんだ。

――丁稚や娘から番頭にこっそりカンタリス、は人の理に反してる。番頭は丁稚より偉くて、味噌汁がまずかったらまずいっつって夜鳴き蕎麦でも食いに行くだけだ。立場の弱い者から強い者に使う毒はもっと目立たず気づかねえ砒石や貝だよ」

ずっと何の話かと思っていたが、浅草の蔵宿の味噌汁に戻ってきた。――普通、〝人の理〟とは人情のことではないのか。

「しかしカンタリスは無味無臭なのだろう」

「ここが肝よ。カンタリスは話を盛られてんだよ。この戯作の先生やら何やら世間で寄ってたかって。物語の都合だ。殿様が毒を盛られて血ぃ吐いて、死にかけなのに長台詞で無念を訴えたらさぞ泣けようなって安直な話には斑猫の名前を使うだけ」

朝槿はみたび、青い黄金虫を摘まみ上げた。

「このでかい虫二、三匹、丸々食ってやっと一人死ぬかどうか。カンタリスは斑猫から抽出した毒の名で、斑猫を何匹か集めて煎じ詰めないと致死毒になりえない。鳥兜の理とは何もかもが正反対だ」

――ここに来て、紺之介は梯子を外された。これまで聞いてきた話は何だった。

「おれならともかく丁稚の小僧に虫から毒を引き出すような技があるかよ。死んだのが十人で今も具合が悪いのが二人？　十二人も具合悪くするのに、必要な斑猫は三十六匹。そんなに入ってたら味噌汁じゃなくて虫の味噌煮じゃねえか。このでかい虫、一人あたま三匹食わすにはおれの腕で煮詰めるか真正面から〝これが身体にいいんですよ〟とぶたなきゃ無理だよ。おれも人情があるから洟垂れの丁稚に飯食わせて飴くらいやるが、お高い虫煮て持たせてやるほど暇じゃねえや」

「三十六匹の斑蝥、煮た後に出汁がらを取り出したらどうかな？」

「それができるのは丁稚じゃなくて賄いの娘だろ。強火でガンガン煮たら毒が出るなんてもんじゃねえけどよ。薬を煎じるのは難しいんだ」

朝槿は左手で壺を取り上げた。振ると中でガサガサ音がした。

「――そもそもこの壺からどうやって三十六匹出すんだ、まだ中たっぷり入ってんのにおれが振ってこの小さい穴から一匹しか出てこねえんだぞ。丁稚が壺振って五匹くらい持ってったって十二人殺すのに全然足りねえだろうが。蓋に大穴空いてなきゃおかしいと思わねえか」

「ば、番頭たちを殺したのは斑猫ではないと？」

「残念ながらおめえが期待してるような都合のいいもん、ここにはねえ。出島帰りのおれなら人生一発逆転かませるようなべらぼうな舶来品、観音様から授かった魔法の瓢箪でも持ってると思ったか。世の中は理屈通りで面白いことなんか何もねえんだよ。現実知ったら諦めて家帰って糞して寝ろ」

朝槿は啖呵を切った。憮然とする紺之介に朝槿は更に追い討ちをかけた。

「ついでにこの舶来の虫は芫青でも斑猫でもない」

「は？」

「こりゃ和さんとこの手代がとびきりよく効く芫青って触れ込みを真に受けて買った虫、何か調べてくれっておれんとこに持ってきたもんだ。調べた結果、毒でも薬でもねえ綺麗な青い虫だった！　筬虫か？　しくじって気の毒だから仕入れ値の三分の一で買ってやったんだよ！　見た目は綺麗だからな！　日の本の人は斑猫の見分けが不得手で黒っぽい虫、何でも斑猫って呼んじまうんだよ！」

朝槿は片手でバサバサと冊子を開いた——三冊あって目印なのか干した草が挟んであった。

開いた頁にはいずれも黒い虫の絵が描かれている——芫青——青娘子——斑猫——斑蝥——

名は同じなのに、冊子によって絵は全部違った。頭が白いままだったり、赤く塗られていたり、背に斑点模様があったりなかったり——

そもそも、朝槿の手にある黄金虫は絵に比べて身体が丸かった。絵の虫はいずれももっと細身だ。

『本草綱目』の和訳が間違ってたんだ！　李時珍の『本草綱目』は薬学、本草学の基本書だが唐は明国の書で当然、唐の虫や獣や魚や草、鉱石について書かれてる。〝芫青〟にあたる虫は日の本にはそっくり同じのがいない。その後、『大和本草』やら『本草綱目啓蒙』やら日の本用に書き直した本が出たが皆、てめえが好きな虫を適当に斑猫って書いてる。今、この国に正しい〝芫青〟を鑑定できるやつはいない！　何のこたない、処方されねえのは物知らずがばれるから触りたくないだけだ！」

「は──そ、それは──」

「おれはおめえが目ぇキラキラさせて悪を裁くためとか何とか健気なこと言うから、記念に今出せる〝黒い虫〟の中で一番綺麗なの見せてやっただけだ！　人情だよ！」

絶句する紺之介に朝槿は自分で勝手なことを言って、勝手に怒鳴りちらした。

「黒い毒虫で心当たり全てってどんだけあると思ってんだ簡単に言いやがって！　おれの蒐集を舐めてんのか！　十個や二十個じゃねえぞ！　夜中で暗いのに全部出して見比べたら夜が明ける！　若造とはいえ武家が頭を下げてきたのに当たり前の御器齧を出したんじゃ礼を失すると思ったんだ！　おめえが感激して〝うわあ珍しい、これじゃないけど虫って綺麗なんですね、拙者も虫の勉強したい〟程度の社交辞令を言ってくれりゃ、ちょっといい話で終わって明日また仕切り直したのに。言うに事欠いて十二人倒れたとか出鱈目こきやがって。〝見たらわかる〟ってふざけんな！」

朝槿は途中、わざとらしくしなを作った──紺之介はそんなくねくねした喋り方はしていない。

「本邦に虫は『大和本草』だけで千三百種余りだが、書き留めるのが間に合ってないだけでおれの勘じゃその五倍以上いる。毒があるのもないのも合わせて！　そんなもんをなあ。蠟燭の光で見てわかるわけがねえんだよ！」

──千三百。それを聞いて紺之介は絶句した。紺之介が知っているのは蝶が二、三と蜻蛉と蟬と蜂と蟻と——十五種くらいしか——

「おめえにはガッカリだ！　奇抜な格好して口先で綺麗事ほざいてるだけで、全くもってこの世を真剣に生きてない。顔がかわいいから誰か助けてくれるだろうってタカをくくってんだ。おめえは世の中も虫のことも侮ってる。放屁虫は斑猫に負けねえ立派な毒虫で、不真面目に生きてるわけじゃねえ！」

——果たしてこんなことを言われる筋合いがあるだろうか。

呆然としていた紺之介だったが、だんだんむかっ腹が立ってきた——顔がかわいいから誰か助けてくれるだろうって。眉目秀麗の酒呑童子に言われたくはない。

「あ、侮っているのはそちらだろう！　斑猫の毒だの何だの、嘘八百で拙者をたばかったと言うのか！」

「そうだよ嘘だよ」

紺之介が言い返したのに、朝槿は傲然と流した。全くもって罪悪感のかけらもない素振りで。

「口開けてりゃ本草学者が銀の匙で真実を押し込んでくれると舐めてやがる。人が殺された、だから何だ。こちとら日暮里の世捨て人、おめえの都合なんか知るか」

——実際に人が死んでいるのに「紺之介の都合」だと。

「一生懸命なフリだけでおれたちが命懸けで血反吐吐いて得た学問の上澄みだけかすめ取ろうなんて百年早えんだよ。同心の手先風情がよ」

こうなると売り言葉に買い言葉だ。紺之介も一歩も引けない。

「そちらこそ学者風情が、たかが虫けら相手に命懸けだの血反吐だの笑わせる！」

「たかが虫けら！　よく言った！」

紺之介の一言で酒呑童子が角と牙を露わにした——色白の顔にみるみる血の気が上って赤ら顔の鬼になった。

「そんな根性だからおれの出鱈目を真に受けるんだ。よそでも誰かに騙されて万病に効く観音様の霊水か何か買わされるのがオチだぜ。種明かししてやっただけおれは親切だろうが」

「何が親切だ！」

言い放ってから、紺之介の脳裏には違う可能性がよぎった。

「——いや、やはりそれは一匹で十二人を殺す、日の本の常識にない舶来の毒斑猫なのだ。貴様は人殺しの片棒を担いだことになるのを恐れて嘘八百を言っている。拙者が物知らずなのをいいことに丸め込み、脅して追い返そうとしているのでござろう！」

「物知らずを恥じるならともかく盾にしやがったな、糞餓鬼！」

「今更、無毒な虫などと信じられるか！　本草学者だか何だか知らんがこの世でお前しか知らん真実に価値などない」

「じゃあ今からこのおれが学のないおめえにもわかる絶対の〝コトワリ〟ってやつを見せてやるよ！　本草学者はこうやってたかが虫けらの正体を調べるんだ。目ん玉開いてよく見とけ！」

唾が飛ぶほどがなり立てると、朝槿はくわっと口を開けた。女なら鉄漿をしているところだが、歯は妙に白かった。当たり前だが牙などない。

伸ばした舌の先に、朝槿は青い黄金虫を置いた。口を閉じて開けると、青い瑠璃色の虫は潰れて砕けていて――

次に口を閉じて開けたとき、虫は小さな翅のかけらを残して消えていた。

もう一度口を閉じて開けるとその翅のかけらも消えて、朝槿は舌を突き出しているだけになった。

皆、言葉を失った。

「え……ええ」

和斉が小さく呻いた。

「――これでおれが生きてりゃ、この虫は一匹じゃ無毒だ」

朝槿だけが勝ち誇った顔をしていた。

「食ったフリして捨てるなんてしてねえぞ。バッチリまずい。うっすら瓢虫みたいな臭みがあって」

「天道虫も食べたことあるの」

和斉が呆然と尋ねるのには返事をしなかった。

「おりつ、水持ってこい。丼で」

「は、はい」

朝槿の低い声で、おりつが立ち上がって水を汲みに行った。

「どうだ少年、ちゃんと見たか。納得いかねえならもう一回食ってやる。三匹までなら食っても何ともないのを去年確かめた」

朝槿は新たに冊子を広げた。

紙が白いその冊子は他より新しく、版木で刷ったものではなくじかに墨で書き込んだもの。黄金虫の絵が描いてある。

〝大瑠璃金花虫　盛岡藩薬売り遠野の吉治より菅生屋入手　体長半寸二分　全身均一な青藍色で美麗なり。芫青の名なれど別種。三匹食すが無毒無益。朝槿〟

去年の日付が書いてあった。

「日の本の芫青の、本当に食ったら死ぬのは皮膚への作用が強くて触ってるだけでかぶれる。おれ肌弱いから」

朝槿はとどめに吐き捨てた。

紺之介は頭の中がぐちゃぐちゃだった。

——朝槿は食べたふりをして捨て——口の中で嚙み砕いていたのに可能なのか？　口に入れるときに無毒の虫とすり替えた？　部屋の中は暗いから手許は隠せる？　すり替えられないよう、紺之介の手からもう二匹食べさせれば具合は悪くなるのかもしれない——いや、紺之介だって小僧があの壺から三十六匹も虫を出して持っていったなんて到底信じられない。

そもそもあの小さな壺に三十六匹も入っていたのか？　まだたくさん残っているようだ、三十六匹減った後で。元々、五十四匹も六十四匹も入っていたと？

どう考えたって自分の分が悪かった。

しかし朝槿にもう二匹食わせても、納得などできようも――

――いや、もう一つ手があるではないか。

紺之介は茶色の壺に手を伸ばそうとして――

「――やめなさい」

和斉に手を摑(つか)まれ、遮られた。

「命が惜しくない方が偉くて正しいなんて道理はない。あなたは間違っていたが挽回(ばんかい)の方法は他にあるだろう」

ビイドロ越しにもその目の真摯(しんし)な光を見ると、冷や水を浴びせられたようだった。紺之介は手を戻した。和斉は額を押さえる。

「というか、朝さんと同じ土俵に上がらないでほしい……変な虫を多く食べた方が偉いなんて武士道はそんなものじゃないだろう！　いつから悪食大会になった。若者相手にしょうもない嘘をつく朝さんも朝さんだ、この世に賢い人はわたしだけなのか⁉」

彼の悲鳴は紺之介も、朝槿も正気に戻すのに十分だった。

「本草学を究めるためなら虫を食べて死んでも崇高な犠牲なのか⁉　朝さんは本当に頭

がいいのか!?」

「……中庸で生きろって貝原益軒（かいばらえきけん）の方が正しいな。朱子学の中庸は冒険しないなんて意味じゃねえが」

朝槿は先ほどまでの得意げなのはどこへやら、すっかり毒気を抜かれて言葉に力がなかった。

「わたしは友達だと思っていたのにうちの手代が朝さんに名前もわからない変な虫を食わせていたのを知らなかった……三匹も……何かあったら死んじゃうじゃないか。出島帰りの朝さんがわからないような虫にあたったら、江戸にも手当てできる医者はいないんじゃないか」

「悪かったよ今度やるときは言うよ。……おれが謝ることなのか……？」

和斉が顔を伏せて嘆くのを朝槿はおろおろとなだめながら、おりつが持ってきた丼の水を飲んだりしていた。

「手代は店の金損して、てめえの小遣いで穴埋めしてんだから和さんにまでしくじったの知られるのは気の毒で。人が食べなきゃ何もわかんねえから」

「出島まで行って学を修めても結局やることは変な虫を食べる！　人間の知性は何て無力なんだ」

和斉の声はどんどん大きくなり、朝槿はいよいよ背が丸まっていく。態度がでかいだけで身体は小さい。どうやら紺之介が何かするまでもなく、この件に勝者はいなかった。

嫌な事件だった。

「——何にせよ丁稚の小僧さんが朝さんの蒐集を持ち出したわけじゃない。それでも浅草で十人も死ぬ事件は確かに起きたんだね？」

咳払いして、話を先に進めたのは〝賢い〟和斉だった。

「わたしも朝さん同様世捨て人だが人の生き死にをどうでもいいとは思わないし、朝さんは変な嘘で人を試さないように」

「……へえ」

朝槿は肩を丸め、もはや立つ瀬がなかった。

「……十人は死んでいる。娘二人はまだ若く、目明かしが踏み込むと泣いて怯えていた。今頃さぞ心細い思いをしているだろう」

紺之介は答えた。

番所には下手人を入れておく簡易な牢がある。そこで一夜を明かし、明日早朝に改めて小伝馬町の牢に入り、詮議されてその後、お白洲での沙汰。

詮議というものの拷問で自白を強要されるかもしれない——

「二人とも、己ではないと言った。拙者には嘘を言っているように見えなかった。女が男を恨む理由などいくらもあると言うが、奉公先を潰してどうする」

「嘘ついてるかどうか顔でわかるならおれの嘘にも気づけっての」

朝槿が混ぜっ返したが、紺之介が何か言うより早く、和斉ににらまれて口を噤んだ。

どうやらこの男夫婦は和斉の方が尻に敷いているようだった。

「石見銀山で十人、ありえるかな？」

「ないとは言えねえ。いや十人殺せる毒なんかなかなかないんだよ、虫に限らず」

　朝槿は言いわけのように言った。

「河豚はせいぜい一度に二、三人だ」

　河豚といえば鍋だ。酒を飲みながらじっくりつつく。急いでかっ込むものではない。

大抵度胸試しを兼ねているので「河豚は毒」「河豚は美味」と皆知った上で食う。こっそり食わせることはほぼない。河豚でこっそり殺すなら一対一、たくらんだ者は別の無毒な鍋を食う工夫をする。大勢を巻き込んでいいことなどない。

　何人も集まって河豚鍋を囲むと、食っているふりをしているだけの臆病者が混じっていてもわからない。わざとガツガツ食べて豪胆なところを見せるのが二、三人。他の者がその後に続いても印象は薄い。

　一人、痺れ出したとか言い出したらそこで残りの皆は食べるのをやめる——なので何人集まっても死に致るほどひどいのは二、三人——というのが朝槿の語る理。

「途中でやめたら助かる？」

「わりと助かる。二人くらいで酔っぱらって鍋つついて調子づいて二人とも手遅れってのがよくある話で、人数増えたら倒れるやつも増えるかって言ったらそうでもない。最初の二、三人だけだ。それが人の理だよ」

「人の理、飛び越えた人がいるけどね」

「だから悪かったってば」

二人までなら血の気が上ってありえないことでも起きるが、三人いると三人目が冷静になる——和斉は大事なことを教えてくれた。

「鳥兜(トリカブト)も十人はない。〝ほろ苦いのが山菜ならではの味わいと思い込んで、出された飯は残さず食う〟者だけが死ぬ。苦いのが嫌いで残したら助かる。元々、傷口に押し込む毒だから口から食ってもあんまり効かねえ。十人に出しても死ぬのは五人くらいだ」

「紅天狗茸(べにてんぐだけ)はうまいと先ほど」

「浅草の娘がどこで手に入れるんだよ。うちのは棚の一番上でおれでも踏み台使わないと取れねえぞ、滅多に使うもんじゃねえから。娘に薬種問屋の知り合いがいねえか探しに行け、少年」

「明日の朝、他にやることがなければそうする」

どうやら朝槿の話は、これくらいの調子で聞くのが正しいようだ。

「そもそも味噌汁(みそしる)に毒が入っていたってのは何でそう思ったんだよ」

「ええと、大戸屋の夕食は鯵(あじ)の干物と沢庵(たくあん)と豆腐の味噌汁であったそうだ」

紺之介は思い出して語った。

干物は棒手振りなどから買ってそのまま炙(あぶ)るだけ。沢庵も買って切るだけ。毒を吹きつけたり混ぜ込んだりは難しい。買った沢庵をわざわざ毒液に漬け込んだりしていれば白飯は毒と一緒に炊けば色が変わるかもしれない。白飯の味が変わったら敏い者は気づく。相手は十人以上もいる。

石見銀山が無味無臭という触れ込みでも、ためらう——番頭になるとこれに二、三品、小鉢などつくかもしれないが、手代と丁稚も倒れているのだから丁稚も食べているもの。石見銀山を混ぜて誰にも知られないのは味噌汁、ならば賄いの娘——というのが同心の推理だった。

そこまで聞いて朝槿もうなずいた。

「そうだな、石見銀山は混ざり物があるからその辺で売ってるのはそこまで無味無臭じゃねえ。味噌は色が濃いし複雑な旨味で多少の変な味はかき消す。実が豆腐なら貝毒でもねえと。貝毒は手足が痺れてきたり嘔吐下痢の上げ下しが主だな」

朝槿はやっと医者らしいことを言い出した。長い道のりだった。

「豆腐や飯の食あたりも上げ下しで十人あたったとして上げ下し十人のうち、一人二人くらい運が悪けりゃ死ぬかどうか。十人が死んで二人が生死の境ってな豆腐の理じゃねえ。鯵の干物は悪かったらまず蕁麻疹が出る。それに胃痛。浅草の大店の手代や丁稚は血縁のある大家族と違って、あちこちから奉公に来た赤の他人の集まりだから体質がバラバラ。血縁のよしみで雇われてたのが何人かいたとしても、海老や蟹で死ぬほどの食あたりになるやつが十二人のうち十人もいたとは考えにくい。砒石は上げ下しが半分、いきなりバタンと死ぬのが半分ってとこだから砒石の理に近くはある……」

ぶつぶつつぶやいていた朝槿は、ふと顔を上げた。

「砒石なら息苦しくなるぞ。誰か息苦しいとか胸が苦しいとか呻いてたやついないか。生き残りは眠ったまんまか。酔っぱらったような素振りのやつは」

「いたような……」

紺之介も考え込んだ。

「そういえば夕食の前に、番頭が何度も何度も銭を数えていたそうだ。拙者からすれば蔵宿の番頭はがめついだろうから銭を数えていても何もおかしくないが、手つきが妙だったのか気になったそうだ。手代が声をかけたら怒鳴られたとか。夕食前のことだから、昼酒を飲んで酔っていたのだろうか」

「ふむ。……待てよ、うちに来た小僧と賄いは味噌汁食って元気なのか？　何でだ？」

「食べたように見せてこっそり捨てるなどして、食べていないのだろうと――」

紺之介の話に、朝槿は笑い声を上げた――

人形のように端整な顔をくしゃくしゃに歪め、大きな口を開けて子供みたいに笑っていた。遊女ならばわずかにまなじりを下げて口を上げて笑う。殿様や豪商ならば腹の底から声を響かせて笑う。どちらでもない彼は甲高い声を上げ、足までばたつかせて埃を舞い上げた。

ひとしきり笑ってから朝槿はつぶやいた。

「――そもそも砒石の理じゃないのかもしれねえぜ。江戸で手に入って十人を殺し二人を昏倒(こんとう)せしめる、お殿様の毒。ここまでいろいろ語った理を、軽々飛び越えるべらぼうな毒があるって言ったらどうする？」

「この家にそんな恐ろしいものがあるのか」

紺之介はぎゅっと拳(こぶし)を握った。道理に反する白い鳥兜、そのような稀代(きたい)のものが――

「この家じゃねえ。――多分、知ってるのは和さんだ」

「わたし？」

和斉はきょとんとして聞き返した。

「江戸では起きないことが起きている。浅草の事件はついでだよ。人間の考える悪いことなんて他愛のないもんさ。本当に恐ろしいものは邪悪な顔なんかしてない。おれたちの都合なんか何一つ知らねえでそこにいる。おれたちは欲を掻(か)いてあれこれしてるうちに、たまに温泉みたいに掘り当てちまうのさ。触れちゃいけない天然自然の理を」

笑いすぎて目許(めもと)に涙がにじんだのを指先で拭(ぬぐ)う。

「本当なら見てみたいな、噂でしか知らねえ。蒐集(しゅうしゅう)増やしに行くか。採薬(ビルドワーク)だ！」

二

北町奉行(きたまちぶぎょう)と南町(みなみまち)奉行は月ごとに、交互に開いて司法と訴訟を取り扱う。

定廻り同心は朝、開いている方の奉行所に顔を出してから町へ出る。

この日、紺之介の兄・青木蒼右衛門は南町奉行所で町奉行に挨拶してから浅草の番所に大戸屋の娘たちを引き取りに行き、ともに小伝馬町へ——その予定を変えさせなければならない。

紺之介は挨拶の間、他の目明かしたちと奉行所の門前で待つのが常だったが、今日はそこに朝槿が現れた。

一張羅なのか、着流しの上に黒の十徳を羽織って医者らしい姿だった。昨日のよれよれの羽織と違ってちゃんと寝押ししてある。腰に二刀を差していたのが衝撃だった。

髪に櫛を通したらしく、童女のような禿髪が艶やかに光っていた。髪の上の方だけ結わえて残りは肩まで垂らしている。医者は半僧半俗ということになっているが今どきはあまり剃髪しない、かといって男らしい髷を結う気は微塵もないらしい。和斉が薬箱を持ってついて来ていたが、彼の方が立派な羽織を着て背が高くてちぐはぐだ。

「よう少年。奉行所なんか初めて来た」

皆の前で紺之介に手を振って話しかけるものだから、目明かしたちが笑った。

「何だこいつ。新手の陰間か」

「顔はいいがトウが立ってら。とっくにでかくなったのにまだ餓鬼の商売か」

大柄な目明かしが三人、朝槿に近づいて顔を覗き込んだ。

「女の腐ったようなやつ、女の買うもんだな」

——目明かしは前科者が多い。同心は末端とはいえ武家、品格が求められる。武家に代わって悪所を調べるのは減刑と引き換えに使われる罪人たち。手先に成り下がったと無法者の界隈で見下されるので、皆、やさぐれて気性が荒い。

揃いも揃って身体の大きさと乱暴さが男の価値だと思っている。朝槿は紺之介よりは背が高いが細身だった。

「お前たち、そちらは武家であるぞ。腰の刀が見えんのか」

紺之介が庇っても目明かしたちはまるでおかまいなしだ。

「お嬢さん、男芸者にはまったか。はめられた？」

かえって、彼らは囃し立てた。彼らは紺之介を同輩などとは見ていなかった。だからと言って武家の令嬢扱いもしていなかった。

「好みの役者を兄上様に紹介すんのか？」

「男女のお嬢さんには丁度いいか。割れ鍋に綴じ蓋、自然の摂理だ」

「おめえが天然自然の何を知ってんだか」

朝槿が口を開いた——この華奢ななりの酒呑童子は、目明かしたちの知る埒外の知性と狂気の鬼だったが、朝からよりにもよって奉行所の前で出鱈目をされても困る。紺之介は身を硬くしたが——

「おめえ安い房州砂使ってんなあ。粗くて歯が削れちまうぜ」

朝槿は目明かしの口を指さした。——今どき歯は歯磨き粉で磨くものだが、水で漉した陶土を基剤としていて質の悪いものはほとんど砂だった。

「歯磨きなんざ何使っても大して変わらねえと思ったか。そっちは磨いてないだろ。口が臭う。大口開けてないで閉じてな。後ろのやつ」

彼が袂(たもと)から取り出したのは薬のような小さな紙包。

「歯が痛くて右でばっか飯食ってんだろ。顔が歪んでるぜ。虫歯がばれたら抜かれちまうもんな。怖いよな。花薄荷(ハナハッカ)の歯磨き粉やるよ。塩は入ってないから沁(し)みない。房楊枝(ふさようじ)はあんまり使うな。鏡を見て指の先で時間かけて丁寧に磨け。女を扱うように優しく歯茎を労(いたわ)って、な」

朝槿は口を開けて自分の並びのいい白い歯を指先でなぞる真似をする、その指が妙に艶(なま)めかしかった。

「でかい図体(ずうたい)、飯が食えなくなったらお終(しめ)えだ。歯ぁ食い縛らなきゃ力が出ない。男は白い歯が命！　ちまちま磨くのが女々しいとか言って、四十より前に歯抜けになったら元も子もねえ。てめえを助けるのはてめえだ！　女だって口の臭くない男が好きに決まってる、女郎買いの前に歯磨き！」

──そんなものに男が興味を示すかと思ったが、まんまと皆、真に受けた。よほど歯痛がつらかったのだろうか。

蒼右衛門が出てくる頃には奉行所の前では「朝槿先生の歯磨き講座、お試し歯磨き無料配布」が開催されていた。「初回は無料、浅草の歯磨き売りに包み紙を見せれば半値」

というので、呆れたことに奉行所の門番まで和斉の前に並んで歯磨き粉をもらっていた。

「何だこの騒ぎは。奉行所の前で商いをするやつがあるか」

蒼右衛門が怒鳴りつけると、門番たちが持ち場に戻り、目明かしたちも慌てて背を伸ばした。

同心は目明かしを従えるのだから威厳というものがなければならない。二十三の蒼右衛門は父の跡を継いだばかりの若造で、眼光は鋭いが顔の線が柔らかすぎて、優男と侮られた。そこで従わない目明かしを殴って投げ飛ばし、自ら捕り物の先頭に立ち、賊を率先して拷問し、苛烈な気性で氷鬼と恐れられるまでになった。一層目つきが悪くなって、今や家でも笑顔を見せない。

蒼右衛門は門番が落とした紙包を拾い上げた。朝顔の絵と「朝槿」の名が刷られている。

「歯磨き売り？」

「普段は人に売らせてるが、たまにはてめえでやりやす」

朝槿は悪びれもせずに前に出た。

「紺之介殿の兄上。鼻筋の通ったのが似てる。お父上似ですか、お母上似ですか？」

「お紺が連れてきたのか、妙なものを」

蒼右衛門は舌打ちし、朝槿は慇懃無礼にお辞儀してみせた。

「檜打藩出の浪人、出島帰りの医者で本草学者の香西朝槿と申しやす」

「二本差しで歯磨き売りとは大した学者だな」

——歯磨き売りは往来で目立つために役者の真似をしたりして、上品な商売とは言えなかった。朝槿の売り方も香具師（やし）じみていた。

「食うや食わずの足軽上がり、何でも売りやす。薬に綺麗（きれい）な花、今どきは殺しの下手人も売ってやすよ、八丁堀（はっちょうぼり）の旦那（だんな）」

朝槿は挑発されず、不敵な笑みで挑発し返した。同心と諸藩の足軽なら家格としては大差ない。

「冗談につき合っている暇はない」

「冗談じゃありゃせんよ。番所に捕らえた娘は逃げねえでしょう。ちと予定を変えておれと一緒に大戸屋に下手人捜しに行きやせんか。石見銀山よりすげえ〝殿様の毒〟をお見せしやすよ」

「たわごとを。あれは石見銀山だ。医者や学者の出る幕など」

「同じ味噌汁を食った旦那とかみさん子供がそっくり丸々無事でも？」

朝槿を無視して歩き出そうとした蒼右衛門が、それで足を止めた。

——大戸屋では番頭より上の店主一家も同じ夕食を摂（と）っていた。違う品を出していてもおかしくないと思っていたが、よく考えたら羽釜（はがま）は一つで味噌汁の鍋も一つだった。魚は違っても白飯と汁は奉公人たちと同じものだ。

「——石見銀山は効かない者もいる」

「そりゃ慣れた人間の話でさあ。死なねえ程度に砒石を摂り続けてると身体が慣れるが、食っても平気って意味でもねえ。十人も死ぬほど入ってたら腹くらい下す。旦那の餓鬼が無事で丁稚は悪夢にうなされてるなんてただごとじゃねえや」

氷鬼と酒呑童子の視線が交錯した。

「お前もお紺のように、娘には毒を盛る理由がないとほざくか？　そんな惨いことができるはずがないと泣くか？」

「おれがそんなお人好しに見えやすか？　人間は阿呆なもんで、てめえが何してるかなんて誰もまともにわかっちゃいねえよ。いいやつでも悪いやつでも凡夫は取り返しがつかなくなってから、しくじりに気づくもんだ。阿呆は気づかないうちにどんな勘違いしてるか知れたもんじゃねえ。何喋ったって信用できるかよ」

「儒者らしいことを言い出したな。寺子屋で教えたら歯磨き売りよりは稼げるだろう」

「旦那こそ下手人、決め打ちするのが早すぎやしねえか。百年に一度の〝殿様の毒〟、凡夫の手に余るのは必定。悪党と同心、それに医者には大判小判より稀なるお宝ですぜ。同心てな人殺しにはいくらの値をつけるもんなんですかい。おれと弟御で持ってきた手柄のがでかいし面白いし高値で売れる」

「下手人に値をつけたことはない」

蒼右衛門は吐き捨てた。

「――それにお紺は妹だ」

「そうなんですか？　全然気づかなかった」

挑発勝負では朝槿の勝ちだった。蒼右衛門は眉(まゆ)一つ動かさなかったが、足早に紺之介に歩み寄り、耳許(みみもと)にささやいた。

「何だ、あの不愉快な男は」

「日暮里の本草学者です。石見銀山など毒の扱いに長(た)けているようで、こたびの事件の仔細(しさい)を調べると」

紺之介もこんなことになって兄に申しわけないと思ったが、「檜打藩の忍の手先で暗殺向けの秘密道具を作っていると噂される何でもありの奸物(かんぶつ)です」とは言いづらい。

「お前、まさか惚(ほ)れ込んで連れてきたのではないだろうな」

「まさか。学識を見込んでいるだけですよ。ものをよく識(し)っているだけで人柄などは」

「身分が何でもあの男だけは絶対に許さんぞ。顔は美男でもあんなみっともない――大江山の酒呑童子！」

蒼右衛門は憤慨したが、紺之介はそれを聞いて吹き出しそうになった。

――このところいかめしい顔ばかりしてすっかりよそよそしくなった兄も、朝槿を見ていると母のおとぎ話を思い出すのか。

三

浅草の蔵前と言えば漆喰の蔵が並び、各店の太鼓暖簾が翻り、丁稚や武家の中間が行き交う。江戸でも一際賑やかな町だ。

しかし大戸屋では亡骸を近所の寺に運び出し、表見世は雨戸を閉めて裏返した簾をかけ、「忌中」と貼り紙をしていた。当たり前だ。十人も死人が出たのでは商いどころではない。通りすがる人は皆、貼り紙を見ると薄寒そうに足を速め、通りすぎた後でひそひそと連れに何かささやいた。

あるいは同心の一行を見咎めて何か言っているのかもしれない。雪駄履きで聞こえよがしに足音を立てる蒼右衛門だけでも目立つ。そこに髷も結わない男を連れているのだから。

紺之介たちが裏口に回って声をかけると、やせっぽちの二十そこその手代が出てきて頭を下げた。

「これは同心様。旦那様はあちこち走り回っていて。番頭さんがやられたんじゃ商いが回らんもんで、得意先に挨拶しませんと」

「生き延びた丁稚はどうしている。こちら、毒に詳しい医者らしいぞ。薬を持ってきた」

「それはありがたい。二人残ってて一人、ちょっと目を醒ましたとか」

蒼右衛門が朝槿を紹介すると、手代は彼の珍妙な身なりに少し目を細めたが、変人の医者で納得したらしくうなずいた。

——薬といっても砂糖と塩、それだけだ。讃岐(さぬき)産の真っ白い砂糖は値が張るが珍奇なわけではない。毒ではらわたを痛めた後は凝った薬より、砂糖と少しの塩を溶いただけの湯を飲ませて腹の中を洗って一日ほど休ませる。それから薄粥(うすがゆ)を食わせるといいと、朝槿は嘘か本当かわからないことを言う。

手代は「丁稚の親兄弟に連絡して亡骸を引き取りに来させているが、何人か引き取り手がない。うちで弔って卒塔婆(そとば)立ててやるのか」とぶつぶつぼやいていた。

「番頭さんの寝床は？　お祓(はら)いした方がいい」

廊下を歩いていると和斉が尋ね、手代が「あちらです」と指さした。

「倒れたのは厠(かわや)で、寝床じゃなかったですが」

「お祓いはいつも寝てる寝床でした方がいいんだよ。いいまじない師がいて」

和斉は言い張った。朝槿は何やら鼻を鳴らしてきょろきょろして、犬のようだ。

奥の大部屋で、眠り込んだままの丁稚二人が布団に寝かされていた。大きいだけの部屋は布団が山積みになっているばかりで調度は行灯(あんどん)が少ししかない。普段は大勢の丁稚が雑魚(ざこ)寝してぎゅう詰めなのだろうに、二人だけというのが痛ましい。

敷かれた布団のそばに丁稚がもう一人と、丸髷(まるまげ)のほつれた三十そこそこの女が座っていた。賄いの娘が捕らえられて、丁稚も全く無事なのは鶴平だけなので、子を親戚(しんせき)に預けて女将が手ずから介抱をしているという。夜通しなのだとしたらやつれようにも納得する。

噂の鶴平はまだ十二やそこらの目の大きな小僧でお仕着せに前垂れをしていて、朝槿を見ると「あ、先生」と頭を下げた。びくついた様子はない。

「毒に詳しいお医者様ですか」

紹介されても女将の顔は暗く、朝槿の来訪を喜んではいなかった。——今頃何だ、もっと早く来い、と思っているのかもしれない——

「時に女将さん。日本橋の〝桔梗屋〟って店はご存知ですかい」

朝槿は布団に横たわった丁稚のまぶたをめくって覗きながら尋ねた。

「桔梗屋？　料亭のですか。良人と番頭さんが贔屓で、お得意様をそちらで接待していたとか。時々名前を聞きました」

女将は力なくうなずいた。

「そちらの手代さんも行ったことがある？」

「へえ。昨日、お使いに行きました」

手代も首を縦に振った。

「それはそれは。——桔梗屋さん、潰れちまったんですよ。三人ほど倒れて」

「三人もですか？　お気の毒に——って十人やられたうちが言うのも変ですね」

「変でもねえですよ。多分、流行病です。——坊主、これ見ろ」

朝槿は脈を取るでもなく、ぼんやりと目を開けた丁稚の顔の上に人さし指を立ててみせた。

「指、何本に見える」

「病人に冗談はよせ」

紺之介は抗議したが、朝槿は手を下げなかった。

「……二本」

丁稚が震える声で答えた。朝槿は真顔でうなずいた。

「やっぱりな。目ん玉がぶれて物が二重に見えてやがる。なかなかないぜ、こんなこと」

「え？」

「番頭が飯の前に何度も銭を数えてたのは、物が二重に見えて数が合わなかったんだよ。身体が本調子じゃないのがてめえでどうしてかわからなくて怒ってたんだ。男はそういうとき、戸惑うんじゃなくて怒る。浅草の大店の番頭みてえな、何でも思い通りになるのが当然の男は特にな。病人はてめえの具合が悪いのを正直には言わねえもんさ。病人の言うこと真に受けるだけ医者は損ばっかりだ」

「そ、そんなことがあるのか」

「稀にある」

紺之介は「体調が悪くてぐったりするならともかく怒るとは何だ」というつもりで聞いたが、恐らく朝槿は「物が二重に見える」の方を答えた。

「飯の前ということは、毒は夕食じゃなくもっと前に盛られてた。——本物の〝殿様の毒〟だ」

「〝殿様の毒〟とは？」

「お毒見を誤魔化す究極の毒だ。食ってから半日後やら一日後やら、毒で苦しみ出すのが遅ければ遅いほど何に毒を盛ったか露見しない。夜中、寝てる間にでも効き始めれば〝卒中〟〝頓死〟になる。〝腹上死〟で側女辺りのせいにする手もある。毒見役も倒れるが、体質で半日ほどもずれるから同じ毒かどうかは二、三人じゃわからない。毒見役は多くても五人ってとこだ。今回はバタバタ十人も倒れたからおかしいって話になったんだろうが。殿様だって毒見に食わせてから半日も待たねえんだよ。魚が乾いちまう。毒見が見つけられるのは小半時や半時ほどで効き始める毒だけだ」

ぞっとしない話だ。

「半日や一日後から効き始めるなんて、そんなことがありえるのか」

「昔から毒で殺そうってやつは遅く効くのを期待して針の先ほどの砒石をちまちま三度の食事に盛ったり、すぐに死なねえ石の毒、硫黄やら硝石やらを何月も何年も根気よく盛ってじわじわ弱らせたもんだぜ。毒殺はばれても堂々としてるか、徹底的に隠すか、その両方か」

朝槿は自分の胸を指さし、腹の方へと指を下ろす。

「酒は胃の腑から肝の臓を回って効き始めるから小半時から半時。人によっても違うが河豚や砒石も大体同じくらい。この〝殿様の毒〟は口から食って胃や肝に届いても何も起きない。もっとはらわたの奥に届いた頃に効き始める」

「倒れる半日前ということは」

「昨日の真っ昼間だ」

ならば、前置きから変わる。味噌汁がどうの虫がどうのという話ではなかった。

「朝槿殿の言う〝殿様の毒〟とはつまり、何なのだ？」

「食って効くまで半日以上かかる。物が二重に見える。腹下して動けなくなって眠り込んで死ぬ──毒でもあり流行病でもある。この世にこんなものは一つだけ。熟れ鮨の食いあたりだ」

その聞き慣れない言葉を聞いて、女将が「あ」と小さな声を上げた──

「え、え、え」

次いで手代がうめいた。廊下からこちらを見ていた手足のひょろ長い手代は、よろめくように後ずさると急に走り出した。

すかさず、蒼右衛門と紺之介はその後を追った。──理由はわからないが、逃げるなど何かあるのに決まっている。

手代は何を勘違いしたのか廊下を走って表見世に逃れ、そこが雨戸で閉ざされているのを思い出した。

表見世の半分は土間だったがかまわず、紺之介は足袋のまま雨戸の前でおろおろしている手代のやせっぽちの身体に体当たりして、へし折るように突き倒した。蒼右衛門よりは紺之介の方が早かった。

紺之介は地べたに倒れた手代に跨がり、馬乗りになって十手を首に突きつける。

「お前、なぜ逃げた！」

「な、なぜって……あたしは丁稚どもに恨みなんかひとかけらも……い、石見銀山の味噌汁が……娘のせいですよあれは……」

手代はもごもご言うばかりで要領を得ない。紺之介は兄の顔を見上げた。蒼右衛門は目を細めてうなずいた。

紺之介は手代に手縄をかけ、きつく手首を縛り上げた。

「同心、目明かしから逃げるなど不心得である。話を聞かせてもらう！」

閉ざされた表見世には誰もいないのに大声で宣誓する。

蒼右衛門は上がり框に戻り、特に埃もついていないのに着物の埃を払った。

「お紺、お前、こやつを連れて番所に行け」

「しかし朝槿殿の話がまだ」

「やつの話などどうでもよいだろう。手柄なら後で褒美をくれてやる」

「嫌です、拙者も真相を聞きます」

紺之介はきっぱりと言い放った。ここは譲れない。

「朝槿殿……本草学者を連れてまいったのは拙者ですよ」

「どうにもあの男は虫が好かない。お前が思っているようなものではないぞ」

「拙者とて学識を頼りにしているだけです。人柄など信じてはおりません」

「ならよいのだがな」

蒼右衛門は舌打ちし、きびすを返した。

手代を引きずって奥に戻ると、女将（おかみ）が丁稚を抱き起こし、鶴平と二人がかりで吸い飲みで湯を飲ませていた。くだんの砂糖水だろうか――朝槿は横に座っているだけだ。医者のくせに手当てしないのか、と少し呆（あき）れた。

「よーし、引っ捕らえたな。重畳、重畳」

へらへら笑っていて真剣味がない。

「昨日のお昼、皆で熟（な）れ鮨（ずし）を食べていたようでした。見たわけではないですが、あれは匂いがすごいから」

話を始めたのは女将だった。

「良人は熟れ鮨が苦手ですが、番頭さんは好物でして、あれを肴（さかな）に昼酒を飲んでいたのかも……てっきり夕食がよくなかったのだと思って、昨日は同心さんにお話ししませんで。まさかあんなものが。手代の松蔵（まつぞう）さんが下手人だったんですか？」

「……その前に、〝ナレズシ〟とは何だ？」

紺之介が尋ねると、女将は首を傾げた。

「あら、ご存知ないですか。まあ今どき若い人は食べませんものねえ。わたしも良人も好きではないですし」

「今、和さんが捜してる。あんなもん台所にあったら味噌汁さらってたおめえが気づかないはずねえから、番頭の寝間をな。裏口の芥箱には気配がなかった」

裏口に芥箱なんかあったか、紺之介には憶えすらない。

ほどなくして和斉が持ってきたのは盥に持ち手のついた岡持ちだった。

「見つけたよ。番頭さんが畳の下に隠してた。浅草の番頭さんって本当にへそくりを畳の下に隠すんだねえ」

途端、異様な臭気が漂った。魚の腐ったような、酸っぱいような。道端で死んだ猫が腐ったのを煮詰めたような。かすかに酒のようでもある。目に沁みるほどの臭いがして、思わず紺之介は手で鼻を覆った。

「な、何だこれは。くさや？」

「ああ、そうだねえ苦手な人は苦手だねえ」

何でもないように和斉は笑って、盥の中を見せる——白っぽいへどろのように見えた。へどろの中に小さな銀色の魚の皮のようなものがいくつかある。見た目といい臭いといい、食べものというよりは汚物のような。多くはないのにすごい臭いだ。これを食べたいという人が、本当に？　盥の一角に大きな笹の葉が敷いてあって、そこにも何切れか魚の皮があった。

「和さん、同心や十手持ちは熟れ鮨知らねえってよ」

「ああ、今どきは皆、早鮨だもんねえ」

和斉はわかったようにうなずいた。

「棒鮨、押し鮨、握り鮨、ちらし鮨、早熟れ――酢でご飯を酸っぱく味つけして魚を載せたのが早鮨。最近の流行りだよ」

「最近のって」

紺之介の知っている鮨とは、握った酢飯の上に酢締めした魚や醬油漬けの鮪の切り身が載っている――屋台で売っていて小腹が空いたときにつまむものだ。

「昔は違った。塩漬けの魚と蒸した糯米を漬け込んで酸っぱくなるまで醸すのが熟れ鮨、遅熟れ。魚の漬け物だ。最短で五日ほど、長くて何年も漬け込む」

「ねん……」

「糯米が甘酒みたいにドロドロになって魚に絡みつく。何年も寝かせた遅熟れは魚も溶けてくる。味わい深くて乙なものだよ」

全然おいしそうに聞こえない。

「早鮨は庶民の食べ物でお殿様に差し上げるわけにいかないから、お殿様やお公家様のためには今でも昔ながらの熟れ鮨を作ってる。――その、お殿様お公家様向けの熟れ鮨と同じのを出している桔梗屋が食あたりで潰れて……わたしも贔屓にしていたのに」

和斉の話に蒼右衛門が眉をひそめた。

「その、食あたりで料亭が潰れるとは何のことだ？　食あたりなど運がいいか悪いかなのに、なぜ店が潰れるのだ」

「熟れ鮨の味見をした板前と店の者、合わせて三人死んだからです。やっていけない」

壮絶な話に、冷徹で知られる蒼右衛門が目を見開いて息を呑んだ。

「客も何人かやられただろうけど、熟れ鮨のあたりは半日も一日も経ってから出るんじゃ、帰った客を一人一人追いかけて大丈夫だったか問い詰めて回るわけにもいかないし。安手の居酒屋じゃなく高級料亭だから贔屓客は豪商やら役者やら有名人ばかりで死んだら薄々わかるだろうけど、板前も死んでるんじゃ謝ってる余裕もない。残された者はお先真っ暗だろうね」

「……客が何人やられたかはわからない？」

「そう。運が悪かったと思って諦めてもらうしか」

和斉のそれは蒼右衛門と同じことを繰り返しただけのはずだったが、突き放したようだった。

「ここで十人って言うけど全部で三十人ばかり死んでてもおかしくはない。ここ数日、腹痛と下痢の後、眠るように死んでいった人が他に何十人もいるのかも」

「たかが食あたりで？」

「たかが食あたりで」

まだ信じられない顔をしている蒼右衛門に、和斉は畳みかけた。

「これは流行病でもあるので。病人から人に、ではなく熟れ鮨でうつる流行病です」

「熟れ鮨は本来、うまくできてりゃそんなにあたるもんじゃねえからな。稀にあたりが出たら壮絶なだけで。河豚みたく覚悟決めて辞世の句詠んでから食うもんじゃねえんだ。早鮨ができるまでは皆、熟れ鮨作ってその辺で売ってたんだし。作るの面倒くさくなって臭いも嫌んなって酢締めに乗り換えただけで、危ないからじゃねえ」

朝槿はつまらなそうに指先で髪をいじっていた。

「当たり前の糯米と塩と魚、漬け込んで九割九分九厘まで食えるものができるのにでかい樽で作ると底の方、一厘だけが〝殿様の毒〟になる。黴てる、腐ってるのは見た目でわかるが〝殿様の毒〟になってるのは見分けがつかねえ。臭いはうまくできててもこんなもん。しょっぱくて酸っぱくて複雑な旨味が身上だから味でもわからねえ。三拍子揃ってる。同じく糯米を醸しても味噌や酒で死ぬようなしくじりは起きねえ、熟れ鮨だけだ。人の技で熟れ鮨だけが何かの毒の理に届いてる。……生魚なのかな。熟れ鮨は川の魚でも海の魚でも作るけどあたるときは同じなんだよな」

彼は一人、ぶつぶつつぶやいて考え込んでいた。

この〝殿様の毒〟に名前がつくのはもう少し後の時代。

アコニチンより亜砒酸よりテトロドトキシンより強力な〝ボツリヌストキシン〟。

この毒が人類に牙を剝くのは食物の保存手段を「小分け・密閉・煮沸消毒」に頼る頃で、嫌気環境の少ない朝槿の時代にはまだほとんどが眠っている——

「き、桔梗屋で死人が出たなんてあたしは全然知らなかったんです！」

松蔵が縄を打たれたまま、急に大声で喚き出した。

「食あたりが出て熟れ鮨を捨てるしかないと言ってて、てっきり肥料にするんだと。勿体ないとちょっと拝借しただけで、番頭さんが死ぬなんて思ってなかった！　腹悪くして厠から出られなくなりゃいいと思っただけなんです！　あ、あたしは悪食を諌めようと思って！」

「おお、言いわけ始めやがった。なかなか見苦しくていいな、やり甲斐がある」

朝槿はにこりともしなかった。

「大体あたしは、番頭さんに差し上げただけで手代や丁稚をどうにかしようなんて夢にも！　皆、気のいい仲間でした！」

「そりゃおめえが差し出した量が多すぎたんだよ。手に入っただけ全部やっちまうから。熟れ鮨はしょっぱいからちまちま摘まんで酒の肴にする。いっぺんにたくさん食うもんじゃねえから、番頭が他の手代や丁稚に分けてやったんだろうな。〝これが大人の味だ、お前たちにもこのよさがわかるときが来る〟とか何とか言って。気前のいい御仁だったんだ。それで皆お追従で一口は食って、その一口で半日後に倒れた。元々熟れ鮨嫌いな目上の主人一家や、女には勧めなかった。そこの鶴平はたまたまうちに来てて難を逃れた。――立場が強い者から弱い者へ。人の理だ」

熟れ鮨は見た目も臭いも抵抗があるが、手代や丁稚は腰が引けても、番頭が嬉しそうに食べるものを拒むことはできない――

松蔵の仲間たちが死んだのは番頭の優しさで仲間たちの気遣い。

裏を返せば松蔵の気の利かなさ。

「毒ってな致死量超えると、同じやつが二回三回死んだりはしねえ。巻き込む人数が増える。偉い人を狙うときは他に分けないよう、後に残らないようにちょびっとだけ差し出すんだ、憶えとけ。浅草で商売やってんなら安くて多いのがいいなんて貧乏性は捨てろ。高級品はちょっとあるのがありがてえんだ」

朝槿の説教は何なのか。

松蔵は一層必死に蒼右衛門ににじり寄って訴えた。

「しょ、食あたりってな罪なんですか、同心の旦那！　あたしは〝殿様の毒〟なんて知らない！」

「まあそりゃ知るめえよ。知ってるやつのがおかしい。何でか世の中の皆、風邪と食あたりに甘いじゃねえか。神君家康公も食あたりで身罷ったって話なのに死ぬ病だと思われてねえ。おれの見立てじゃ家康公は癌で鯛の天ぷらとか濡れ衣だけどな。おれからすりゃ〝風邪はうつせば治る〟とかほざいてるやつも重罪人で端から同心がしょっ引いて牢にぶち込んでほしいくらいだが、悲しいかな世の中そんな風になってない」

「本当に熟れ鮨が悪いのかもわからないじゃないですか！　この人が何かべらべら勝手

に喋(しゃべ)ってるだけで！　そもそも誰なんですかこの人は！」

手代が喚くのに、蒼右衛門もたじろぎ始めた――

「……〝殿様の毒〟などというもの、実在するのか？　あったとしてそれは同心が取り締まれるものなのか？」

ついに蒼右衛門は迷いを言葉にしてしまった。

しかし朝槿は全く慌てなかった。

「そうだなあ。名高い河豚や紅天狗茸(ベニテングダケ)ならともかく人に知られてねえ〝熟れ鮨の毒の理〟は同心の力の及ぶところじゃねえかもなあ」

彼は目を細めて笑みすらした。

「なら大岡裁きを提案するぜ。丁度ここに、〝熟れ鮨の毒の理〟で一晩中苦しんでひでえ目に遭った丁稚の寅吉(とらきち)がいる。八丁堀の旦那にわからねえこと、こいつにどうするか決めてもらうのが筋じゃねえか？」

その口許(くちもと)に牙が生えていないのが不思議なほどの笑いだった。

朝槿は女将(おかみ)と鶴平に支えられ、半身を起こした丁稚――寅吉の耳許に口を寄せ、何ごとかささやいた。

寅吉がうなずき、まだあまりよく動かないのか震える手で手代を指さした。

「寅吉はこう言ってるぜ」

朝槿が代わりにささやいた。

「〝そんなに言うなら松蔵もその熟れ鮨を食ってみろ〟って——何ともなかったら無罪放免、何かあったら天罰だ。大昔の盟神探湯や鉄火起請よりも公正なお裁きってもんだ。昔は悪党かどうかは神さまに決めてもらったもんだぜ。ぐらぐら沸いた湯に手突っ込んだり、真っ赤に焼いた鉄の棒、素手で持って歩いたりしてよう。おめえ、死んだ連中は気のいい仲間だったんだろ？　お相伴しろよ」

その言葉で松蔵がへたり込み、捕り縄を持っていた紺之介まで引っ張られて転びそうになった。松蔵はがたがた震え、顔色を失っていた。這いずって蒼右衛門の陰に隠れようともした。

「じょ、冗談じゃねえですよ同心の旦那！　こ、こんなの許して——」

まだ松蔵が悲鳴を上げる中、和斉が朝槿に熟れ鮨の岡持ちを差し出す。

「相手が神様じゃ不満だってんなら、もう一つ条件を足してやろうじゃねえか」

朝槿は岡持ちの中から魚の身を一切れ取って鼻先でくんくん匂いを嗅ぐと、口の中に放り込んだ。

二、三回嚙んで、わざと口の中の白く濁ったのを見せてから、ごくりと呑み込む。

開けてみせた赤い口の中にはもう何もない——

「おれも命懸けてやるよ。おれとおめえの勝負にしようぜ。生き延びた方の勝ちだ。十二人に二人は生き残れる。おれが食えるもんならいけるだろ。どっちが正しいか身体で証してみようぜ。無学でも命懸けるだけで医術の進歩に貢献できるのは嬉しかろう？」

朝槿はにんまりと笑んで、もう一切れ魚の身を摘まみ上げた。

「おれは医者で毒の玄人で、腹が慣れてるからおめえより強いかな。さあ命懸けの美食、試してみろよ。仲間のためにもよ」

絶叫が響き渡った。

「――朝槿殿！　吐き出せ！」

紺之介は捕り縄を離してしまった。

朝槿に駆け寄り、背中をひっぱたいて吐き出させようと――あっさり避けられてその場でよろめき、たたらを踏んだ。

「なぜのんびりしているのでござる、和斉殿！」

たまらず声を上げた。和斉はこんな馬鹿な戦いは止める側だと――

紺之介は振り返って目を疑った。和斉はぽりぽり顔を掻いていた。昨日、朝槿が虫を食ったときはあんなに張り詰めた顔をしていたのに――

「……熟れ鮨の毒などないのか？」

紺之介が呆然とつぶやくと、

「熟れ鮨の毒はある、今のはおれがイカサマ仕掛けただけ――」

朝槿が魚の身を振った。

「これは今朝、荒川で捕った鮒の身、酢で締めて米麹まぶして見た目それっぽくした贋熟れ。死なねえけどうまくもない。熟れ鮨と言うもののこの毒に慣れはしねえよ」

「〝嘘熟れ〟の方が語呂はいい」

　和斉もぬけぬけとほざき、指さした。

「昨日の今日で朝さんにおかしなもの食べられたんじゃ困るから、詳しいわたしが似せて作っておいた。この笹の葉っぱに載っているところはわたしの作った贋物で酢の匂いしかしない。落ち着いて顔を寄せて匂いを嗅げばわかる」

　言われてみれば笹の葉の上にある魚の身は白っぽく整然として、それ以外がほぼドロドロに溶けているのとは違う。

「これだって魚と米なのは熟れ鮨と同じなのになあ。多分醸す理屈が全然違う。麹は蒸した糯米を混ぜて、蒸し風呂で一晩温めると餓鬼の大好きな甘酒ができる。作ったらさっさと飲め」

　朝槿の寝言を聞いている場合ではない。

　紺之介が振り返ると、手代の松蔵は倒れて白目を剥いて泡を吹いていた。失禁もしているようだ。逃げなくて幸いだが、番所に運ぶには戸板に乗せなければなるまい。改めて捕り縄を握って手にくくりつけたのは、逃げられるからではなく自分の気を引き締めるためだった。

「熟れ鮨の話は全部本当だが下手人が知ってて狙ったとしたら夜のうちに江戸から逐電してる、今頃この辺にいて同心の目に留まるのはてめえが何しでかしたかわかってねえ抜け作」

朝槿は魚の身を岡持ちに戻した。

「八丁堀の旦那が食あたりや流行病を人殺しに数えるかどうかは五分と五分。江戸に食あたりを取り締まる法がないのは、そう。この件を上申したってお奉行様や公方様が熟れ鮨禁止令を出してくだすったりしねえのは百も承知。まあ松蔵が素直に説教聞いてしおらしいとこ見せりゃよし。口答えするようならおれから軽くお仕置き――とはいえ死ぬ目に遭った寅吉が、松蔵も食えと思ってるのは本当。おれから言えるのはそんなもんでさあ」

「〝軽くお仕置き〟だと、人を十人も死なせておいて軽くで済むか」

蒼右衛門が鼻白むと、朝槿はすっくと立ち上がった。

「そう思うならあんたがやれよ」

朝槿は岡持ちを和斉の手から取って、恭しく進んで丸ごと蒼右衛門に押しつけ、底に手を添えさせた。

「ほら。後は八丁堀に任せまさあ」

「ま、任せるとは」

蒼右衛門は岡持ちを手にしてなお、呆然としているようだった。

「焼き捨てて忘れるもよし。小伝馬町の適当な罪人で試して〝熟れ鮨の毒の理〟を確かめるもよし。何なら試しにこの松蔵を使うもよし。松蔵に余罪がないか尋問するもよし。本気で食あたりにお沙汰を下せないか奉行所で検討するもよし――試すときはおれを呼んでくれ。記録取って師匠に報告しなきゃ。ああ、番所の娘は解き放ってやってくだせえよ。全然関係ねえから」

朝槿はしれっとしたものだった。

「こちとら学者風情だ。あんたらの面目を潰さねえように加減してやったの気づけよ」

朝槿は一礼すると、和斉を連れてさっさと退出してしまった。本当に裏口から帰ったらしい。足音が遠ざかり、ガラガラと引き戸を開け閉めする音がした。

呼び止める暇もなかった。蒼右衛門の手は岡持ちで塞がっていて、紺之介の手は松蔵にかかった捕り縄を握ったまま。女将と鶴平は寅吉の身体を支えている。依然、丁稚のもう一人は眠り込んでいる。

「……え、帰っちゃったんですか、お医者の先生。お薬って砂糖だけ……？」

女将が当惑の声を上げた。白砂糖は世間的には高価だが、大店のこの家ではもらって喜ぶほどのものでもないのだろう。

あいつは何をしに来たのか——連れてきた紺之介も惑っていたが、ふと気づいた。

岡持ちの笹を敷いた部分が和斉の作った贋物ということは——

「兄上！　あの医者、どさくさに紛れて毒の熟れ鮨をかすめ取って持ち帰りました！　やつらの狙いははなからそれです！」

贋物を置いていった分、薬箱の中が空く——本物を持ち帰る隙間ができる。岡持ちは和斉が見つけてきたもの、和斉が細工していてもわからない。

「なっ、あ、悪用するつもりか!?」

蒼右衛門が青ざめた。

「いえ――」

紺之介は言葉に詰まった。

――わざわざ露見しづらい毒熟れ鮨など手に入れなくても、朝槿の家には紅天狗茸がある。

散々難しいと言っていたカンタリスだって本物を作ることができる。世間が思っているほど便利でなくても、使いこなす技がある。

出島帰りの彼が健康にいいと嘘八百を言えば、苦い鳥兜でも我慢して飲んでしまう人はいるだろう。附子は実際に薬なのだから。

二人で度胸試しだと同時に飲んで、自分のだけはすり替えた贋物、という技はたった今やってみせた。

「あ、あの男、世にも稀なる白い花の咲く鳥兜を床の間に飾って愛でている奇人変人でありますゆえ、使うためではなく、悪趣味で集めたくて集めるだけかと……」

紺之介は声が震えた。

危ないものは既にごまんとある。親の仇など殺したいほどの相手がいたらとっくに始末している。

毒熟れ鮨を手に入れてもあの家の奥にしまい込んでこれまでと同じ暮らしを続けるだ

け——

「そんな言いわけが通るか！　危険なものを趣味で集めているだけなど！」

手が塞がっているので、蒼右衛門が地団駄を踏んだ。

紺之介もそう思う。あの香西朝槿という男自体が、世間の人がまずお目にかからないので害はないが、識ってしまうと気色の悪い毒熟れ鮨そのものだった。

四

他にも目明かしを引き入れ、大戸屋の丁稚部屋から苦労して松蔵を連行すると、それだけで日が暮れてしまった。

紺之介が青木家の座敷に呼ばれたのはその翌々日のこと。家族というのに中間を介したかしこまった呼び出しで、紺之介は糊の利いた一張羅の袴に穿き替え、そろそろと座敷の真ん中まで膝行って三つ指を突いた。

「紺之介、面を上げよ」

蒼右衛門がそう呼んだ。

兄がその名を呼んでくれたのは初めてだった——蒼右衛門は時折冗談めかして紺之介を「我が家の巴御前」と称した。紺之介が十六にもなって嫁に行くのを嫌がると「先方が木曾義仲や和田義盛の器量ではないから。武家の娘として、己より弱い夫と添う気はないのだろう」と解釈し、「我が家の躾が行き届いていないのを婚家に押しつけるのは筋違い」だと断ったのはこの兄だった。

　顔を上げると、二間の床の間の前にやはりよそ行きの羽織袴の蒼右衛門が座している。庭に面した明るい座敷だが、庭は剣術の稽古の場所を大きく取って、植木などは父の趣味の盆栽が棚にいくらかあるだけだ。

　いつも通りの座敷の、蒼右衛門の前に紫の絹の風呂敷が広げられ、大小の刀が置いてあった――蒼右衛門が携えているのとは別に。

　雷で撃たれたようだった。

「こたびの働きに免じて、青木家を預かる家長として我が弟、青木紺之介に今日より帯刀を許す。刀を帯びている間、お前は男である。武士の自覚を持って腰の大小に恥じぬ行いをなすよう」

　蒼右衛門が述べるのに、紺之介は自然と再び頭を垂れた。

「このような不出来な身にお心遣い、ありがたく……」

　そこで言葉が途切れる。胸が詰まり、涙があふれた。

「礼など無用」

　蒼右衛門の方では紺之介の涙など待ってはいなかった。

「その刀で我が家の名にかけてあの日暮里の学者を討ち果たせ！　――やつめ、このわしの面目のために加減したなどと。図に乗りおって、学者風情が！」

苦々しげに吐き捨てた。

「檜打藩など知ったことか！　お前が見つけてきたのだ、お前が斃せ！」

言われるまでもない。

真相を究明するためとはいえ、兄に恥をかかせたのは紺之介の不始末だった。

朝槿は人よりものを識っているというだけで偉そうに、傲慢極まりない。あんなものを野放しにしていてはいけない。

それに――

あの柔弱な顔の男が男というだけで大小を下げていたときのことを思い出すと、紺之介もはらわたが煮えくり返りそうだった。

「お前は武家の娘、夫でもない男に触れられるのは許さんが、色仕掛けでも何でもして二人きりになったら、即座に殺せ！」

「御意にございます、兄上」

――鬼を斬って人になれるならむしろ望むところ。

大小は至らない自分を人にしてくれる。十手ではない本物の刀で、本物の武士になる。

あの男の血が自分を大人にしてくれるだろう。

第二話　最初の敵

一

――いわく、その本を持つ者はことごとく非業の死を遂げる――

前の持ち主は材木の下敷きになって亡骸（なきがら）が人の形を留（とど）めないほどだった。

その前は、三十代で血を吐いて病死。

その前は鈴ヶ森（すずがもり）で斬首（ざんしゅ）。

そうしてたどっていくと、およそ五十年前に非業の死を遂げた異端の学者・平賀源内にたどり着く――

晩年の源内はたびたび泣きながらこの本を読んでいたという。その涙と血の跡が五十年経ってなお鮮やかに染みついていると――

「面白くないか？」

にやにや笑う男ににじり寄られて紺之介は当惑した。――面白いも何も、悪趣味なだけだと思う。人が死んだ話で喜ぶな。

話が悪趣味なだけではない。

男は二十から三十の堂々たる武家、黒繻子の羽織に胡桃染色の小袖をまとい、袴に大小の二刀を帯びている。顔立ちもなかなかに端整な男前だった。が、京風の公家髷を結っていた。それだけで紺之介には薄気味悪かった。

「顔が近えぞ兄者」

「おお、すまんすまん。お前が焼き餅を焼くとは人間らしくなったものよ」

朝槿がぼそっと言って、男は紺之介から少し身体を引いた。ちょっと動くと羽織の裏地に桜吹雪が満開に描かれているのが見えてうんざりする。

主である朝槿を差し置いて座敷の上座に陣取るこの男こそ、香西朝槿の兄・香西夕一郎勘解由、号・夕暉山斎その人だった——若くして檜打藩御庭番頭。

巷で凄腕の忍とささやかれている怪人物だ。

「御庭番頭などと言うと忍の者かとよく聞かれるが、京で庭造りの修業をした植木屋じゃ。今どき武術で食うていける時代ではないゆえ小人なりに藩のため殿のため、小賢しい知恵をひねり出して走り回っておる。鉢植えや睡蓮鉢、書画骨董など入り用なら言うてくれ。何でも商っておるぞ。上方の下りものでも」

本人による紹介はこうだったが、本当に忍者でも「自分はただの植木屋だ」と名乗るのではないだろうか。身のこなしは武術の達人らしくないが、忍者は他人に侮られた方が得だ。油断ならない。

「紺之介殿は〝平賀源内の呪い〟などに興味はないか。まあこんなことを面白がるのはわしら一家くらいのものか。朝三郎の可憐な弟分を怖がらせるのもおとなげないな。仔細を書いてあるから朝三郎が読め。何ぞ、そのほうに似合う麗しい花の話でもするか。何の花が好きじゃ」

勘解由は朝槿に紙切れを渡し、扇子で自分の顔を煽いでにやにや笑った——なぜかこの御仁は、紺之介のことを〝朝槿の恋人の美少年〟だと思い込んで先ほどから浮かれていた。揃いの羽織を作ろう、固めの盃は交わしたのか、そちらのご両親にご挨拶は、などとたわごとをひとしきりほざいた。

「いやもう、朝三郎は無口で引っ込み思案じゃから、ついわしは気が急いて差し出口を挟みとうなる」

——香西朝槿が無口で引っ込み思案。紺之介は耳を疑った。瀬戸内檜打藩の香西家は常に飯時の燕の巣のような喧しさか。いや今日の朝槿はびっくりするほど静かにむっつりと押し黙っているのだが。

その後も勘解由は紺之介に分厚く切った羊羹を勧め——切ったのはおりつだが——、床の間の漢詩が京の能書家の公家の手によるもので勘解由の手配だとか、この家の水車はどこぞのお殿様の大豪邸の庭にある水車の試作品だとか、怒濤のように自慢話を垂れ流した。

紺之介は当初、兄の命に従って日暮里の家に押し込んで、早々に朝槿を成敗するつもりだった。

が、朝槿の家には昼間、近所の子供たちが入り浸っていた——朝槿がおりつの幼い弟妹に読み書きを教えていたら、それを見た近所の親たちが「寺子屋は遠いから」と次々に子を預けるようになったとか。断ったらご近所づき合いが成り立たないとのことだが、朝槿はなかなか日暮里の人情に馴染んでいた。

紺之介は剣の腕には自信があったが、十にもならない芥子坊主やおかっぱ頭の洟垂れの子らが何人もいる前で師匠を叩っ斬るのは無理だった。

なので。

「拙者に本草学を教えてほしい」

弟子となって近づき、夜半の人がいないときにバッサリやってしまおうと考えた。おりつには悲しい思いをさせるが、これも武士の道なのだ。

「熱冷ましに使う蚯蚓の干したの、百匹持ってきたら考えてやる」

朝槿のこの返事は、あるいは三顧の礼のようなものだったのだろうか。三回頼まれたら承諾するつもりで最初の二回は断る——

「蚯蚓を触るのは嫌だ」

だが、紺之介は蚯蚓を触るのはふりでも嫌だった。考えるまでもなかった。

「もうちょっと悩んでから言えよ。蚯蚓を触れなくて薬種が触れるか」

「ならばせめて漢文を教えていただけないだろうか。女手習いはどこも源氏物語や枕草子ばかりで四書五経の素読などやっていないのだ。無論、礼はする」

紺之介はこちらはもう少し深刻にお願いした。女が四書五経や漢詩を読もうとすると嫌がられるのは事実だった。

「貝原益軒も読み書きは源氏物語と平家物語から始めたもんだが」

「源氏物語と平家物語では全然違うが」

「この話で突っ込むところは、貝原益軒は儒学者のくせに四書五経の素読なんて全然やってなかったたってことだよ」

「それでも儒学者になれるくらい世間は手ぬるいということか？」

「違うけどそうかも。おめえと喋(しゃべ)ると発見があるな」

こうして紺之介は朝槿の家に入り浸る口実を得たが、始末するのは四書五経をある程度、教わってからにしようと思った。この変人に好感を抱くことなどありはしない。女に四書五経を教えてくれるのは変人だけだ——若干の理屈のねじれがあったが、紺之介にも複雑な事情があった。

朝は子供が多いので午後から朝槿を訪ねるようにしたら、今日はたまたま香西勘解由に捕まった。

勘解由は紺之介が座敷に入るなり、ものも言わずに近づいてじろじろと上から下まで眺めて背中を叩いた。

「これはよい！　衆道はわからぬがこれはよいものだぞ、朝三郎！　しかも二本差しではないか。でかした！　男は美しいものを愛でてこそ一人前じゃ！　お前ももういい歳じゃ。武士たる者がいつまでも町人の弟分などやっていてはいかん！」

　なぜかこんなときに限って和斉はいないのだ――

　半時ほど一人で喋りまくって、やっと勘解由は帰っていった。その間、朝槿はほとんど声を発しなかった。今日の彼はきちんと着流しの帯を締め、ずっと正座で微動だにせず別人のようだった。

「……悪いなあ少年。兄者はおれの話を聞かない」

　勘解由が去って大分経ってから朝槿は足を崩し、ぽつりとそう洩らした。

「まあ嫁になれと言われるよりましでござる。親に挨拶されては困るが、目の前で抱き合えとも言うまい」

「おめえもなかなか歪んでんな」

「凄まじい御仁であるな。才人？」

「兄者はご家老様に取り入って、足軽から馬廻衆に成り上がった英才だ。国許では自分の尻とおれの尻、殿様にご家老様、五人くらいに売ったことになっている。口八丁で生きてるからよ。ご家老様も、うちの藩の取り柄が蜜柑と石楠花くらいしかねえのがまずいってんでなりふりかまわず人材をかき集めて、割れ鍋に綴じ蓋っていうか……」

「シャクナゲとは何だ」

「涼しいところに生える、花の綺麗な木。兄者は植木で天下狙ってる」

「植木で天下など狙えるのでござるか」

紺之介はてっきり冗談なのだと思って軽く尋ねた。

「ちょっと昔、唐橘の盆栽は一鉢で百両や千両の値がついた。それをもう一回できねえかって。他にもいろいろ藩ぐるみで仕掛けてるらしいぜ。流行りは作るもんだって」

大変な奸物だった。

今の公方様の家斉公は大名の豪邸の御庭巡りが趣味で、庭木はどれだけ凝っても奢侈にあたらないとのことで、世間は空前の植木人気だそうだ――

少しして和斉が座敷に顔を出した。

「ああ、お兄さんやっと帰った」

今日はいないのかと思っていたが勘解由を避けて、ずっと風呂場に隠れて本を読んで暇を潰していたらしい。

「わたし、朝さんを衆道に引きずり込んだ張本人としてあのお兄さんに見つかったら最悪、お手討ちにされちゃうから」

「な、拙者なら衆道でもよくて和斉殿は手討ちとはひどいでござる。町人でも和斉殿の方が人柄はよいではないか」

紺之介は憤慨したが、朝槿は和斉相手に全然違う話を始めた。

「和さん、〝平賀源内の呪いの本〟って興味あるか？」

「何それ詳しく知りたい」

――勘解由が言っていた話だ。朝槿は紙片を広げて繰り返す。

「平賀源内を殺し、その弟子やら何やら後の持ち主を三人ばかり喰い殺したらしいぜ。弟子が鈴ヶ森で斬首されてその次に持ってたやつが血を吐いて死んで、最後が材木の下敷きになって押し潰されて」

「普通、平賀源内の呪いと言えば家だよね？　橋本町の凶宅。本は珍しいな。平賀源内の蔵書なら『ドドネウス』とか？」

おどろおどろしい話を、朝槿もあっさり言ったが和斉も驚いた風ではない。〝普通の平賀源内の呪い〟とは何だ。

「『朝顔明鑑鈔』！　上中下の三巻一具、源内の蔵書印と源内に殺された大工の血つき」

「え、知らない本だ」

「これこれ」

と、朝槿はその辺に散らばっていた冊子の中から、紺色の表紙のものを一つ取って開いてみせた。

「変化朝顔の種類と育て方。もう百年くらい前の、日の本で初めての朝顔だけの本だ」

「持ってるんじゃないか」

「古いが良書だ。いいものは何冊あってもいい。我が家に招いてお救いしたい！　協力してくれ」

——何やら不思議なことを言う。呪いの本と直筆の手紙が売りに出されるので、和斉に手紙の方を買えという話だった。

「和さん、平賀源内好きだろ。戯作が好きで直弟子の何とかのところに入り浸ってたんだろ。ほしくないか、直筆の手紙」

「わたしは好きだけど、朝さんはそんなでもないんじゃ？」

「源内なら何でもありだと思って、良書に呪いとかわけわかんねえ因縁がつけられてるのは我慢ならない。これぱっかりは変なやつに渡せねえ。おれがやらなきゃ誰がやる！」

朝槿より変なやつがそうそう世の中にいてもらっては困るのだが、どんな人間を想定しているのだろうか。

「相手が平賀源内じゃ、本当に呪われてるってこともあるんじゃ。大丈夫なの？」

「おれは呪いなんか信じてねえ。昔、兄者の命令で祟りが強くて神さま怒らせたやつが何人も首吊ったって評判の鎮守のほこらに小便引っかけたけど何も起きなかったぞ。平賀源内が首縊り鎮守より祟るかよ。——蚯蚓はやめとけ、男根が腫れる。きっと女陰も腫れる。鎮守より蚯蚓の方が祟る」

あの公家ぶった兄は結構、弟をいたぶっていたことが判明した。こんなところで祟りを否定されている瀬戸内の首縊り鎮守も痛ましいものがある。

「ええと……当然のように平賀源内が人を呪う話になっているのはどういうことでござるか？」

埒が明かないので紺之介は尋ねてみた。

「平賀源内とは学者で、エレキテル何とかのからくり仕掛けを発明して、土用丑の日に鰻を食うことを思いついた人では？　まじない師だったとは聞かぬが」

平賀源内で思い出すのは煙管を吸っている鼻の高い男の肖像だ。幼い頃、子守りのねえやと見世物小屋のエレキテル箱を見に行ったのだ。肖像と、南蛮風の塗りの箱ばかり大仰で結局何を見たのか憶えていないが。——それに竹とんぼを発明したとかしないとか——

「最期は呪いで死んだんだよ。エレキテルセリエイトは和蘭陀人が捨てたの拾って修理しただけで作ってねえけど。おめえが知らねえだけで他にも山ほど業績はある——業績って言っていいのかわかんねえけどな、あいつの場合」

「呪い呪いと言うがいかなるものでござるか」

「下戸のくせに酒に酔って仕事で出会ったばっかの大工か何か町人二人と言った言わないの喧嘩になって刀でブッタ斬って殺して、殺しの罪で小伝馬町の牢にブチ込まれて一月後に破傷風だか餓死だかで死んだ」

朝槿は早口に語った。

「家族に亡骸が返されなかったのに何でか墓碑はある。殺されたはずの二人は名前もわからねえから本当にいたのかどうか。それ全部、日本橋橋本町の家が呪われてて検校の子が死んだり武家が切腹したりして安く売ってたのを、〝化け物を見てみたい〟ってわざわざ買って住んだせいだって。――呪いの本の血の跡ってな大工の血なのかな」

「……な、何だ、その何もかも滅茶苦茶な話は！　下戸なのに酒に酔って⁉」

紺之介は唖然とした。子守りのねえやが語った〝発明家の源内おじさん〟の話と全然違う。

「風聞だよ。あいつは結局、学者っつっても脱藩の浪人で人殺しの罪人で身分なんかないから、面白い話盛られても誰も訂正しねえんだよ」

あっさり斬って捨てたのも朝槿だった。

「お仕えしてた殿様が怒るならともかく身内が反論しても誰も聞かねえし、同心や目明かしが記録を確かめてその噂は違うとかわざわざ言わない。義経が奥州から逃れて蝦夷で生きてたとかそんなんと同じだよ。本当の部分は〝人殺しで入牢して死んだ〟くらいで後は尾鰭だ。牢にブチ込まれて病になって死ぬなんて珍しかねえ」

小伝馬町の牢は飯が足りず、囚人は風呂にも入れず、囚人同士のいじめも横行していたので沙汰が下る前に獄死してしまうのはよくあった。

「戦国の頃の話は戯作も芝居もいろいろ禁じられてる中、真田幸村だけ手下の十勇士がいて戯作や芝居で大活躍、そんな感じだ。本草学の義経で真田幸村。少年、おめえが源内を知ってんのはやつが鰻売ってその頃流行りの女形の役者とつき合ってたからで、学問の功績じゃねえんだよ」

「――平賀源内は当代一の本草学者なのかと思っていたが」

「悪い冗談だぜ」

朝槿は舌打ちすらした。

「学問の書で評価できるのは、師匠の田村藍水一門と共著の『物類品隲』と『番椒譜』って唐辛子の本だけ。『物類品隲』は本としての出来はいいんだが、藍水の専門の朝鮮人参とかの記述が多くて源内一人を評するには何とも。後は芒硝に火浣布に源内焼、それに鉱山が三つも四つも、源内一人でやった仕事は全部中途でやりかけ。完成してない。飽きたらすぐ江戸に帰ってきて戯作書いたり鰻売ったりして。次々何か思いついて前の放っぽり出して、病かってほど落ち着きがねえ。〝名ばかり遂げて功成らず〟とかてめえで愚痴ってたらしいけど自業自得だろうが」

落ち着きがないのが病なら朝槿も重病人だ。

「今どき戯作で流行りじゃねえかよ。頭いいやつがいきなり織田信長に才を見いだされて贔屓されて斬新なひらめきで内政で活躍して、それまで家柄でやってきた古くさい家来連中にざまあ見ろってすんの。平賀源内って本草学に理解ある織田信長を探し回ったけど拝金主義の田沼意次しか見つからなかった、そんなの。明和の尾張に織田信長がいてたまるか。世の中の皆、真面目に生きてるのに鉱山が一発当たったら学者として功が成るとかふざけんのも大概にしろよ」

今現在、特に何者でもない日暮里の学者がそんなことを言って、朝槿は耳から血が出て死んだりしないのか。

「鉱山が当たるとは金銀を見つけて掘り出す？　結構な功績ではござらぬか？」

「馬鹿言え。学問の功ってなぁそんな単純なもんじゃねえ」

「俗であると？　ならば朝槿殿が考える立派な本草学者とは、誰なのだ」

「おれの理想は小野蘭山(おのらんざん)で、心の師匠は三村森軒(みむらしんけん)、なりたいのは木村蒹葭堂(きむらけんかどう)だ！」

——まくし立てられても、紺之介には誰のことなのか一人もわからなかった。

「オノ……誰と？」

「何でおめえ大蘭山先生を知らねえんだ。知っとけ！」

朝槿はここまで淡々と皮肉げだったのに声を荒らげた。

「小野蘭山は医塾の師匠の師匠で、わたしたちは孫弟子だって言うけど、じかに知ってるわけじゃ……」

和斉もこれは自信なげに言った。

「他の二人はわたしも知らない……」

「知っとけ！　三村森軒はこの朝顔の本の作者。蒹葭堂は上方の酒蔵の金持ちで、どっちかってと絵描き。儒学やら何やら当時の頭いいやつは大体友達で、貝の標本と一角獣(ウニコール)の本で有名だ！」

「学者がそんなにいたとは……友達がいるのは偉いのでござるか？」

「偉いんだよ！　皆、源内と違って非業の死を遂げてねえし鰻も売ってねえし役者とつき合ってねえし芝居も戯作も書いてねえ。学問してたんだよ！」

――言われてみれば非業の死や鰻は学者の話ではなかった。

「知らねえなら今聞け！　小野蘭山先生は源内とは一歳違いで本草学中興の祖」

朝槿は畳を叩き、声の調子を落とした。

「――あのな。市井の医者って漢文読めねえ薬草なんか知らねえ謎のまじない師が大半だが、お殿様の御典医、侍医、御匙って連中も〝何百年前からの我が一族の秘伝、一子相伝の何とか〟を後生大事に守ってるだけだぜ。まじないのハッタリがすげえだけ。学問の一子相伝って馬鹿が一人生まれたら台なしだ。だから医者は信用されねえ」

平安時代に丹波康頼が記した医術書、『医心方』は宮中の秘中の秘として、長らく多紀家（丹波氏）、半井家に伝えられていた。江戸幕府に貸し出されたのが安政元年（一八五四年）。その後、破損があったのが修復された。これは幸運な例で、恐らく存在すら知られないまま消えた医術書が無数にある。

医者の秘密主義は根深く、世界初の全身麻酔を行った名医・華岡清洲は技の門外不出を徹底したため、医術としては世に広まらなかった。医者同士は商売敵、他の者が何をしているかはあまりわからなかった。

「その状況を憂えたのが大蘭山で、京でずっと〝衆芳軒〟って私塾を開いて『本草綱目』の読み方を教えてた。二十から七十まで、火事で焼け出されたとき以外ずっと！　弟子は千人以上。それでやっと日の本の医者は皆、秘伝の何とかじゃなくてちゃんとした本を読んで薬草を使うようになったんだよ」

それを聞いて紺之介も息を呑んだ。

「五十年……弟子が千人以上⁉」

「つい三十年くらい前まで、知識人は上洛して衆芳軒で大蘭山の講義聞いて一人前だったんだよ。それが本草学だ！　うちの師匠とその親も京まで行った。今や日の本の本草学者で大蘭山の流れを汲んでねえやつはモグリ。大蘭山はその功績がついにご公儀に認められ、七十にして晴れて御用学者に取り立てられた。江戸に下って公方様にも講義をさしあげた。今の家斉公だ！」

――流石に紺之介は己の不明を恥じた。エレキテルだの鰻だの言っている場合ではなかった。

「大蘭山は八十過ぎで亡くなるギリギリまで大名にも学問を教えて、東国を歩き回って採薬して研究してた。おめえが知らねえのは、大蘭山の研究が〝動植物の各藩の方言での呼び名の違い〟とかだから。おれが名前を挙げた学者の誰も学問で一攫千金なんて考えてなかった。そんなこと考えてた山師は平賀源内だけ」

もしかして巷の朝槿の評「平賀源内の再来」のくだりだけは唯一まともに見えていたが全然褒め言葉ではなくて、彼はずっと言い返したくてうずうずしていたのだろうか。

「平賀源内は讃岐高松藩の下の方の武家の生まれで、自力で長崎に遊学して蘭学を学んで江戸で田村藍水に師事した。すごくお金のかかる舶来品の研究をしていたからいつも金欠で、小遣い稼ぎで戯作や芝居の台本を書いていた」

「下の方でも武家の長男のくせに〝やりたいことで生きていく〟とか寝言抜かしてんじゃねえよ。大蘭山は京の下の方の役人。病弱な次男で昔なら世を儚んで寺で坊主になるところを、代わりに学問やってたんだ」

朝槿が混ぜっ返したが、和斉によると、平賀源内は高松藩に学者として取り立てられていた時期もあったが、禄が四人扶持銀十枚で「こき使われるわりにしょっぱかった」から暇乞いをし、浪人になる代わり、「仕官御構」――よその藩に仕えないという約束をさせられたそうだ。

「まあ学者としては評価しづらいんだろうけど、芝居の『神霊矢口渡』は今も小屋でかけている人気の演目だよ。本当のところは戯作の方が向いてた人だったのかも」

和斉は直弟子の家に通って話をして、源内直筆の草稿など譲ってもらったほどの源内贔屓だそうだ。だが朝槿の言い草に怒りもせず寛大で穏やかだった。

「わたしも次男で暇だからって、朝さんと一緒の医塾に通ってたら見事に一人だけ落ちこぼれてねえ。源内の挫折には全然及ばないが、彼の自虐が身に沁みて。ついに自分もしょうもない駄文とはいえ物書きで口を糊するようになって」

いや、本当に穏やかなのだろうか。

「源内は自分は下戸なのによく酒宴を開いた。下戸の人ってお酒を飲んで楽しめないし酔っぱらいの世話をする羽目になるから飲みの席を嫌うものだけど、そういう苦労が気にならない人だったんだ。いつも何かに追い立てられてるようで焦ってる生き様、何もかも戯作に書いてしまうたちだった。きっとそういうところがおかしな死に方につながっている。本は書いた人の人生だ。書いた人の生きざま、死にざまで読み味が変わる」

「――非業の死が〝味〟」

紺之介の言葉は非難に聞こえただろうか。

「それが戯作のいいところだよ。清少納言も末路を知ってるからこそだ」

「清少納言の末路は知らねえ」

朝槿は吐き捨て、指をポキポキ鳴らした。

「どのみち平賀源内が本のせいで死んだなんて濡れ衣もいいとこだ。持ち主が下手こいたのを本のせいにされちゃ困る」

「朝顔の本ねえ。平賀源内と変化朝顔って特につながりが思いつかないな。何でもやってた人だから朝顔にもいっちょ嚙みしようとしてた、のかもしれないけど。――朝さんはどうしてまた」

「本を守るのは学者の務めだ！」

ということで香西朝槿は〝平賀源内の呪いから本の方を救う〟ことになったのだった。

何が何やらだ。

二

香西朝槿は身仕度が長い。袴一枚選ぶ間に、紺之介は玄関先で和斉に碁盤を勧められるほどだった。上がり框で、待ち時間で一局打てると。

若い方が黒石を持つのが礼儀というものだ。

「そんなに衣装持ちなのでござるか?」

紺之介は尋ねて黒石を置いた。

「袴、うっかり洗い張りで糊を利かせちゃって。朝さん糊の利いた着物が駄目なんだ」

和斉は白石。

「駄目とは?」

「裃の固いのが嫌で国許に帰りたくないほど」

「侍医なら裃ではなく十徳でござろう」

「それは冗談だけど、とにかくクタクタに着古した綿でないとイライラして脱いじゃう。足袋も嫌だって真冬でも裸足で。昔はよく町の中で裸になっちゃったな」

「……そんな理由で家の中で裸なのか?」

「そんな理由なんだ。あれでも着るようになった」

紺之介が日暮里の家に出入りするようになって、朝槿が毎回だらしない格好で出てくる真相がそんなことだとは。おりつが着物の仕度くらいするだろうに、と不思議に思っていた。

「きちんとしたら死ぬのか？」

「死ぬ、は大袈裟でも、絽は着た方が寒いとか言って夏に風邪を引いたことならあった。お兄さんの仕立てた羽織だったんだけどな」

裸が心地よい、着物を着たら具合が悪くなるとは、いよいよもって野人ではないか。

日暮里に住んでいるのは市中で人並みに暮らせないからなのか。

それなりに石が並んで趨勢というものができ、紺之介が長考に入った頃、朝槿がやっと出てきた。十徳の下に何ということのない灰色の袴を穿いて、大小の刀を差さずに。

「……朝槿殿、大小を差してござらぬが」

「ああ、置いてきた」

見かねて紺之介が指摘すると、平然とそう答えた。――ただでさえ珍妙な髪型で、刀までないと飴売りの芸人か役者に見られる。

「ぶ、武家ってそれでいいの？」

袴のことは熟知していた和斉が戸惑う有様だった――つまり今まで朝槿は大小を差して外出していたはずだった。なのに本人だけは得意げだった。

「おれ今、病気療養中の浪人で主もいないし、医者が人斬り包丁を持ってんのも変だろ。身軽でいいや。刀が重くて左右の釣り合い取れないの嫌だったんだよな！」

変も何も苗字帯刀は医者の権利だが。

「今日に限って差していないのか、なぜ」

「少年が差してるから」

と、朝槿は紺之介の腰の刀を指さした。

「おれ町歩くと喧嘩売られるからよう。揉めないために差してたんだけど、今日は少年が助けてくれるんだよな」

――武家の刀は「一行の誰か一人が差していればいい」というものではないが。

「貴殿に武家の誇りはないのか？」

「ない。三十六計逃げるに如かず、君子危うきに近寄らずよ。おれは昔、逃げたらご家老様に褒められたから成功体験がある。窮鳥、懐に入れば猟師もこれを殺さず！」

紺之介が朝槿の兄なら叱れば解決することだったが、うっかり朝槿の方が目上だ――目上でもガツンと叱るべきでは？　家臣が逃げたのを褒めるとはどんなご家老だ。彼が藩士なら帯刀を嫌がるのはかなり重い罰があるはずだが。

紺之介はいろいろ思案したが、一つ答えがあった。

「……拙者だけが大小を差していたら三人の中で年少の拙者が一番偉いということになるが、朝槿殿はそれでいいのでござるか？」

「あ」

こうして、香西朝槿が腰に角帯を巻いて大小を差している間、紺之介は一応引き分けと呼べるくらいには盤面を立て直した。再び現れた朝槿は「折角重いのから解放されると思ったのに。背骨が左に曲がる」とぶつぶつぼやいていた。

「持って歩いて、置き忘れたら怒られるから嫌なのに」

「既に説教すべきでござるか。拙者がどんな思いで大小を帯びていると思って」

「誇り高くて思い入れの強えおめえだけでいいじゃん。和さんも医者んなって刀差せよ、それらしい苗字つけろよ」

「嫌だよ、落ちこぼれなのに」

「謙虚なのも良し悪しだなあ。おれほどできないのは当たり前じゃん。和さんより阿呆なのに医者名乗ってる藪なんかいくらでもいるぜ」

「晩年の平賀源内も同じようなこと言ってたらしいよ。物知らずの医者が増えて真面目にやるのが馬鹿馬鹿しいって」

ぶらぶらと茶など飲みつつ日暮里から日本橋まで行くのは物見遊山のようだった。根津、湯島、神田を突っ切って南下するのだから結構な距離だ。

日暮里は農村なので言わずもがな。根津の盛り場の猥雑さも朝は鳴りを潜めている。湯島、神田辺りから江戸市中だが、昼は皆、働いているのでそれほど往来に人はいない。湯島は下級武士が多く小さいながら一軒家が建ち並び、神田は職人が多く長屋ばかり。

神田の端の方、日本橋に近づくにつれ棒手振りやら屋台やら賑やかになってきて、小さな店に大店が交じるようになる。

　相変わらず町を歩くと朝槿の格好は人目を引く。童女みたいな髪をしているので。本人いわく「武家は兜をかぶるから武家髷、公家は烏帽子をかぶるから公家髷、おれは半僧半俗の医者だからその狭間。丸剃りにした方が礼儀正しいならそうする」――言いわけが多いが恐らく髪結床が嫌いなだけだ。

「そういや、手紙は源内の直筆なのか？　どうやって真贋見極めるか考えてなかった」

「それはわたしに策がある。かかわるからには損をするつもりはない」

　遠いので神田の道端の茶屋で一休みして甘酒を飲んでいると、和斉がにまっと笑って持参の袱紗包みを解いて巻物のようなものを見せた。どうやらわざわざ表装したらしい。

「『江戸男色細見』の下書き！」

　……よりにもよって、本の題名が。中を見なくても問題作とわかる。

「直弟子から譲っていただいたもの、間違いなく真筆だ！　これと筆蹟を見比べれば真贋はわかる」

「……まあ、わざわざそんなもんの贋物作るやつがいるはずねえな」

　珍しく朝槿の方が鼻白んでいた。勿論、紺之介も呆れるばかりだ。

「……源内贔屓の和斉殿には悪いが、本当にろくでもない書き物仕事をしていたから軽んじられ侮られたとしか……学者とか武家とか以前になぜそんな本を書ける……」

「仕事を選ばないのが源内のいいところなんだから。俗悪も文化で人間の営みには違いない」

和斉は真面目で誠実なのだと思っていたが、朝槿と友達づき合いするだけあって一筋縄ではいかなかった。

「これは主に陰間屋の案内本で芳町の陰間の値段まで詳細に書いてある。こんなしょうもないことを記録してる人はいないから、逆にそのうち貴重な資料になるんじゃないかな。陰間は女郎より値が高いんだ」

「男の方が値が高いのでござるか？　なぜ？」

「出口を入口にする手間がかかるからだろ。女は何も工夫しなくても十六から十年ばかし稼げるが、男が男に売れるの十三から十八で五年やそこら。吉原に売られてきた女は商売できねえほどのすべたなら掃除飯炊きだが、陰間はそもそも女みたいにかわいい男が少ねえのを厳選する。それが二、三年で声が変わって髭が生えて背ぇ伸びて、どんどん使えなくなって、男らしくなったやつから女向けの商いに回される。あちらの世界じゃいつまでも女みたいで男相手に売れる方が偉い」

朝槿の説明に紺之介がどう返事するか迷っていると、朝槿の方も戸惑い出した。

「……おめえ、そんななりしてお嬢だな。こういうの言わねえ方がよかったのか？」

「いや、女が男を買うというのにびっくりして」

――陰間の育ったような男が陰間に詳しいと怯む、とは言いづらかった。前髪を下ろしたままで、どっちがお嬢なのか。

「北斎(ほくさい)の義母養子物とかそんなんだろうが、女の方が乗り気で。小娘と美少女風美少年なら鈴木春信(すずきはるのぶ)。男も女も同じ顔してるって意味だけどな。後家と色子は定番だぜ」

　お嬢のなりで、この耳年増。

「なぜ知っている」

「人間がやってる現物は見たかないが、本くらい読んで勉強しなきゃなあ。おれは絵も描くから最新の技を盗まなきゃ」

「普通、男の子はお坊さんが買うもので、男らしくなると廃業するか後家さん相手の商売になる。でも今どき陰間屋は減って、浅草や湯島にちょっとあるだけ。女郎の方が安いからね」

「和斉殿は陰間を買うのか？」

「女の方が好きかな」

――買ったことがあるかないかで答えてほしかったのだが。

「坊さんが女買ったら罰されるから男で我慢してたんじゃねえのかよ。寺は減ってないのに陰間屋が減ったんじゃ坊さんはどうしてるんだよ？　坊主でもおれほど無欲で純潔なのはいねえって話じゃなかったのかよ。女を買っても罰されなくなったのか？」

「さあ、そこまでは。お坊さんに便乗して買ってた人が減ったんじゃないのかな」

「流行(はや)り廃りなのかぁー？」

朝槿がぶうぶう言った。彼は自称「江戸の男にあるまじき純潔」――本人いわく「自分から手で触れる以外、男でも女でも人に不用意に触れると最悪、へどを吐く。医塾で塾生同士、鍼の練習をするのが大変だった」。和斉いわく「大事にしている」。傍から見れば男夫婦なのに「清い友情」の二人が男色の話をしているのは、紺之介には「一触即発」としか思えない。陰間顔の男、友達が〝男色〟と名のつく本を持っているのになぜ暢気に甘酒を飲んでいられるのか。紺之介は常在戦場、刀を帯びる前は貞操を守るため匕首を呑んで、いざとなったら相手を殺して自分も死ぬ覚悟で男の着物を着ていた。――なぜ他人の貞操を心配しなければならないのだろう。

「――女郎は医者にも肌見せたくねえって具合悪くなっても我慢しておっ死んじまうが、陰間は医者にかかる」

朝槿がぼそっと語った。

「大体痔を患っててかわいそうなもんだ。無理してるから山ほど病を抱えて。女と違って孕まないから楽かってそんなことねえ。綺麗なべべで病だらけの身体隠して厠に行くのも我慢してんだ。楼主は育つのも我慢させようとする。五年しか保たねえんだよ」

とうに飲み終えた甘酒の湯呑みを手に、背を丸めてどこか寂しそうに。

三

日本橋は広い。平賀源内の〝凶宅〟があった橋本町、魚河岸があって魚屋だらけの本船町、豪商の大店が並ぶ本両替町、およそあらゆる町人の住まいがピンからキリまで揃っている。紺之介が家族と住まう八丁堀の御組屋敷は日本橋の少し南だ。――わざわざ日暮里に朝槿を迎えに行って日本橋まで戻ってきたのだから、健気な弟子ぶりだった。

水運が盛んな江戸にあって、堀の張り巡らされた日本橋は浅草や両国と並ぶ商都の一つ。ここで手に入らないものはない――呪いの本までも。

往来は立派な黄八丈の羽織の商人と店の名の入ったお仕着せの前垂れをした手代、腹掛けの腰に半纏を巻きつけ、股引を穿いたその日暮らしの棒手振りの物売りが入り交じる。

朝槿は甘酒を飲んだら厠に行きたくなったと言い出したので、紺之介と和斉は茶屋の床几で待っていた。二人で待ってばかりだ。

「しかし朝槿殿はなぜ、あの本にこだわるのでござろう」

何とはなしに紺之介が言うと、和斉が目を丸くした。

「あれ、紺之介さん、気づいてない？」

「気づく？」

「朝さんの号の〝朝槿〟は槿と書くけど、朝に咲いて夕には散る儚い花――万葉の昔は槿も朝顔と呼ばれていた。すぐ散る花というのは、早く死んだ人を惜しむ言葉で、生きている人には使っちゃいけない。他にも名前はあるのに自分で名乗ってるんだから、何かこだわりがあるんだ。花が先なのか本が先なのか。聞いても教えてくれないけど」

そういえば、歯磨き粉の袋に朝顔の絵が描いてあった。——香西の長兄にやたらと名前があったのはもう忘れた。

「朝顔は何か学問で意味がある草花なのでござろうか？」

「種が下剤になるとか聞くけど、花が綺麗なだけじゃないのかなあ。お兄さんは綺麗な花で商売してるんだから大事なことだよ。変化朝顔はまだまだ流行りそうだし」

変化朝顔といえば、上野辺りに住まう御徒組の下級武士の内職だ——下の方の武家は薄給で家禄や役料だけで暮らしてはいけないが、いくら貧していても屋敷の庭を畑にして野菜を作っては格好がつかない。朝顔の鉢植えを仕立てて植木屋に売る方がまだまし、とのことだ。紺之介も又聞きだが。

昨今は二重八重、花びらや葉っぱが糸のようになった変化朝顔が評判だった。丸い朝顔の花とは全然違うし、葉っぱも斑が入っていたりする。あんまり変化がすごいと朝顔を見たという感じがしない。桜の花見も菊比べもどんどん派手になって、世の中、忍者より〝植木屋〟の方が出番が多いというのはわかる。

和斉とひそひそ話しているのも変なので、紺之介は戻ってきた朝槿にも聞いてみた。

「朝槿殿があの本にこだわるのは、朝顔が好きなのでござるか？」

「え。……好きだよ。うん。大した意味はねえ。花が綺麗なのにいろいろ意味つける方が野暮だぜ」

朝槿は短く言ったが、紺之介は歯切れが悪いと思った。何か裏がありそうだ。

日本橋は堀のそばの廻船問屋の大店、目抜き通りの大店などが特に賑わっているが、目当ての品があるという古道具屋は堺町だった。芝居小屋や芝居茶屋の多いところで、席を買う小遣いのない小娘のために道端の露店で役者の錦絵や浮世絵団扇を売り、芝居を見ながら食べる団子や饅頭も売っている。

ここでは朝槿は役者のようではなかった――男色も売る役者は、前髪を伸ばすのがご法度だからだ。月代を剃って野郎帽子で隠すものだ。堂々と前髪を伸ばした禿髪の彼はただの奇人で、錦絵を買いに来た娘も通人の旦那も奇異な目で見ていた。

古道具屋とやらは学問に関する古書やら秤やら薬研やらを売っているのかと思いきや、表に出してあったのは道成寺の半分に割れる釣り鐘の張りぼて――芝居小屋で使わなくなった小道具だ。宙に釣る紙張りの月もある。果たして、誰が買うのだろう。〝小田原屋〟と看板が出ている。ここは誰が先頭で入るか、と思った矢先。

「帰れ！　あんたに売るもんはない！」

怒鳴り声がして、中から大男がまろび出た。身の丈が六尺はあって相撲取りにもなれそうな体軀なのに、渋茶の十徳を着て刀を差している。総髪なので医者か学者なのだろうか。

「朝鮮人参が必要なのではないか！」

大男の医者は店の中を振り向いて怒鳴った。

「そうだよおじいちゃん、お医者の先生、追い出しちまったらお父っつぁんは」

「うるさい！　これ以上源内先生を虚仮にされてたまるか！」

店では十四、五の娘が老人を押しとどめていたが、老人は壺から摑んで粗塩を撒いている様子だった――騒ぎが始まってすぐ、朝槿は和斉の背後に隠れた。紺之介は「本当に逃げるのか」と少し感心すらした。

「あれ、牛の字だ」

朝槿が小さくつぶやいて、和斉の背に隠れたままで手を振った。知り合いらしいが、身を隠して手を振るとは。

大男は舌打ちして引っかけられた塩を払っていたが、手を振っているのに気づいたらしい。下駄の音も高く駆け寄ってきた。顔つきも骨張って武骨で紺之介の父や兄よりよほど質実剛健だ。三十くらいなのか、老け顔の二十代なのか。

「和斉ではないか！　それと……ええと、お前。その」

朝槿の名前が出てこないらしい。朝槿は人さし指を立てて沈黙を促し、その指で来た方を指した。茶屋の看板がある。道端では何だから落ち着いた場所で、の意だろうか。

ということで先ほど甘酒を飲んだばかりなのに、今度は茶屋の二階の座敷で餅を食べることになった。この辺は芝居茶屋ばかりだが芝居に飽きた人のためなのか、茶を飲むだけの店もあった。他にも客がいるのを衝立で仕切っている。

「そちらの若いのは知らんな。そこの二人と同じ医塾だった牛尾柳孝だ」

座布団にあぐらをかき、大男が名乗ったので、紺之介も返した。

「朝槿殿に四書五経を教わっている青木紺之介と申す。同心の弟で部屋住みでござる」

「おれは今、浪人の香西朝槿ってことになってるからそういうことでよろしく」

——なぜ朝槿までが自己紹介を続けるのか。

「カサイチョウキン……どんな字を書くのだ」

朝槿はさっと歯磨き粉の小袋を手渡した。ご丁寧に、苗字も書いてあるのも用意していた。牛尾は目を細めて見た。

「……筆名か？」

「病気療養中で養子縁組を解消して実家に戻ったから姓も違う」

「昔の名前は？」

「捨てたので答えねえ」

「ここまで出かかってるのに！」

牛尾は自分の胸を叩いた。

「いつも山ほど本を担いでた、寄居虫！」

朝槿らしからぬあだ名だ。

「あの頃はいちいち全部持って歩いてねえと不安だったんだよ。人の名前を忘れるお前が悪い。和さん教えんなよ」

木下藤吉郎が豊臣秀吉になったり武家の名前ががらっと変わるのは不便ではないか、

と紺之介は常々思っていたが、その疑問が解消された。周りの人が困る。偉い人なら小姓が前もって気をつけておくのだろうが、それほど偉くないとこうなる。

「それはそうと……」

牛尾は手招きすると、向かいの朝槿に何か耳打ちした。朝槿はうなずいた。

「おお、流石牛の字、目がいい。今おれ八丁堀に目つけられてて監視がついてんだよ」

――とんでもないことを言うので紺之介は身体の中で心の臓がねじれそうだった。

「な、せ、拙者のことを言っているのか。監視などではないが」

「八丁堀がくノ一を使って朝槿を……そんなことあるわけないだろうが。戯作(げさく)の読みすぎだ」

幸い、牛尾は真に受けなかった。――かまをかけられただけだ。そうに決まっている。背中に汗がにじむ。

「――もしや親兄弟の仇討(あだう)ちか何か、こみ入った事情でもあるのか。ならば軽々には聞くまい」

牛尾は小さくつぶやいた。どうやら彼は紺之介が男でないことを見抜いたようだが――紺之介をじかに問い詰めたりしないとは、何て礼節を弁(わきま)えた人物だろうか。大声で男装の駄目出しをした朝槿と大違いだ。

「牛の字はこれで眼力がすごくて病人本人も気づいてねえ病をギュッと見抜いちまう」

それは朝槿と違って仁慈の心に満ちた名医なのだろう――野獣の肉体に天才の頭脳を

備えているのだろう。

店の小僧が餅を持ってきた。三河名物安倍川餅。柔らかく茹でた餅に砂糖入りのきな粉をまぶしていただく。単純な菓子なので砂糖が上等でないとおいしくない。ここのは値段のわりに食べやすい。

「牛の字、何か怒られてたな。お前も平賀源内の呪いの本を買いに行った？」

朝槿は餅をきな粉の中でこね回しながら尋ねた。きな粉を全部湿らせないと気が済まないらしい。

「お前らもそれが目当てか。おれは町医者が、朝鮮人参の処方は自分では無理だと頼み込んでくるから、源内の形見やらが値のつく品か確かめておこうと」

何でも、あの牛尾を怒鳴りつけた老人は元はそれなりの大店の主で趣味で源内の形見を買い集めていたが、火事で店と財のほとんどを失ったとか。

知り合いの伝手で古道具屋を譲り受けて小商いを始めることになったが、今度は甥が労咳で臥せって朝鮮人参が入り用になり、ついに源内の形見を売るしかなくなったという――

「なかなかの呪われっぷりだな？　血を吐いて死んだのより怖えじゃねえか。商人ってすぐコケて財を失うよな」

それは朝槿が日頃商人に興味がなくて、財を失ったときしか話を聞かないからだ。

「で、牛の字、呪いの本は見たのか」

「見たが、鮮血というわけにはいかなかったぞ。古い血の跡があったが、大分色褪せていた。涙の跡などわからん」

「上中下の三巻一具だが、揃ってた？」

「揃っていた。血の跡は下巻だったな」

「よーしよし。流石に揃ってない本を買うのは業腹だ」

その気でうなずく朝槿を、牛尾は不思議そうに見た。

「何だ、朝顔の本などに興味があるのか。『ドドネウス』ではないぞ」

「源内の『ドドネウス』がそんなとこにあったら胡散臭すぎるだろうが。弟子が社に祀ってるぜ」

『ドドネウス』は数百年前の和蘭陀の学者の書いた蘭学書で、植物の書や鉱物の書など何冊かあるのをまとめて著者の名で呼ぶらしい——平賀源内始め、いろいろな人が和訳しようとしては、そのたび発起人が失脚するなどして頓挫して未だに抄訳しかないとか。それはそれで曰く付きではないだろうか。

著者の名前でまとめて呼ぶのは、和訳の試みが頓挫するたびに和訳版の題が変わるからでもあった。

牛尾は餅を一息にかっ食らうと、話を続けた。

「いや、最初はじいさんと和やかに話していたのだが、途中で急にあちらの機嫌が悪くなって、お前の世話になどならんと啖呵を切られて追い出された」

紺之介にさえ気遣いのある牛尾がそうそう、無礼を働くとも思えない。

「牛尾は実家が太い金持ちだから、貧乏人の機嫌を損なう物言いしたんじゃねえの？　自覚ないだけで厭味だぜおめえ。おめえは長男でじいさんに媚びるのが下手くそだからな。学者は父親を尊敬してるとか言ってちゃ駄目だぜ。先生の人徳は父以上って、じいさんを褒め殺して甘えて、秘伝の書を無理矢理貸してもらうんだよ」

学者には人の心はないのか。

「おれは当たり前のことしか言っていない。小野蘭山先生の死に水を取った最後の直弟子、この牛尾柳孝は長幼の序を弁え、源内ごときの直弟子が相手でも侮ったりはせん」

堂々たる牛尾の態度だったが、それを聞いて朝槿が咳き込み始めた。きな粉でむせたらしくがらがら声になっている。

「お、お前、そんなこと言うから怒られるんだろ」

「そんなことも何も、普通に名乗っただけだが」

「いやいやいや、源内贔屓相手に〝源内ごとき〟ってもう駄目だろうが」

和斉が甲斐甲斐しく煎茶の湯呑みを差し出すと、朝槿はそれを飲み干してやっと声が元に戻った。

「それに、どう考えても平賀源内を殺したのは小野蘭山門下の弟子だからだよ」

四

「貴様、大蘭山先生の流れを汲む門下でありながら先生を愚弄するか！」

「そんなの源内の直弟子からも聞いたことがない！」

牛尾と和斉と、大声を上げるのはほぼ同時で、朝槿はのどをさすって返事をするのに少し間があった。

「――これ。大蘭山先生は公方様にまで学問をご教授さしあげた御用学者の頂点、悪口言ったら下手すっとこうよ」

朝槿は首を手刀で切る真似をして舌を出した。――幕政批判は最悪、死罪だ。

「和さんと話した直弟子は気遣ったんだよ。どっかで下手なやつの耳に入ったら和さんの身が危ない。蘭山門下にはお殿様もゴロゴロいるんだからその家来が聞きつけただけでお手討ちだぜ。誰にでも言えることじゃねえから黙ってただけ。知らなきゃ危ないこともない」

それで和斉は気まずそうな顔をしたが、牛尾の方は納得しなかった。

「大蘭山先生が源内如き邪道の小者に刺客を送ったとでも言うのか、お前は！」

「それ。大蘭山先生が平賀源内なんかに興味あるわけねえだろ、自分の世話してた孫の嫁の名も知らなかったのに」

——何という学者馬鹿。全然褒められた話ではないが。

「昨日、おれもボロクソに源内の悪口言って気づいたんだけどよ。源内の立場から見たらどうなる。大蘭山先生の弟子は生涯で千人、源内が五十半ばで死んだ時点で五百人はいなくても三百人くらいにはなってる——三百人が日の本中でおれと同じように平賀源内の悪口を言ったら？　二、三人じゃない」

三百人の香西朝槿——悪夢のようだ。それだけで寝込む。

「大蘭山先生は、多くの者に広く門戸を開いて廃れかけた本草学の息吹を蘇らせるべく崇高なお志で」

「だが三百人の方は皆が皆、崇高なお志でお殿様の御典医になったんじゃねえ。日の本全土で藩の数は二百五十？　三百？　各藩に一人ずつ御典医がいたとして、塾を開いてすぐに全国から一斉に三百人の医者見習いが押しかけてきたわけじゃねえぜ。医者と弟子と付き人がごっちゃで、弟子は心変わりして医者にならないかも。最終的に千人の中に各藩の御典医三百人が洩れなく入ってたとして、最初の三百の大半は医者じゃない。医者のなり損ないだけじゃなく、他の用事で上洛した武家や商人も入ってる」

「なぜ武家や商人が学問の塾に」

「五十人も押しかけて流行り始めたのを見て、何の行列かも知らないで〝じゃあ〟〝ついでに〟〝皆やってるから〟自分も聞いてみるかって講義に顔出しただけだよ——大蘭山先生のお志は崇高だが、結果、生涯で教えを説いた千人の弟子のうち半分以上は、難しい話を聞いててめえも頭よくなったような気分になったにわか本草学者だ」

「そんなにいたら玉石混淆（ぎょくせきこんこう）でござるか？」

「広く門戸を開いたらどうしてもそうなる。人間、当たりの富くじだけ買うわけにいかねえ。山ほどはずれ引かなきゃよ。――はずれくじの自覚のない連中が、成し遂げた気持ちで京から諸藩に帰ってどうなる。改めて医家に弟子入りして野山の薬草を採って病人に向き合う？　そんな殊勝なわきゃねえんだよ。せいぜい偉ぶって地元で薄い知恵をひけらかす程度だ」

学問と水は低きに流れる、と朝槿は笑った。

「そこに〝山師の浪人〟の平賀源内が、諸藩を巡って焼き物や鉱山、発明品の話を売り込みに来る――にわか本草学者からすりゃ、折角憶（おぼ）えたまじないの呪文（じゅもん）を試すには丁度いい的が来たってなもんだ。どうせなら名の知れたやつを論破できたらスカッとする」

朝槿によると『本草綱目』は明の時代、唐（から）に存在する様々な動植物や鉱物などの薬種について書かれた本なので、日の本の話とは必ずしも一致しない。未だに〝斑猫（はんみょう）〟を鑑定できないのもそのせいだ。

日の本の薬種は日の本の学者が各々で研究し続けるしかないが、そこに『本草綱目』しか読んでいない半可通が大量に出現して引っかき回した――旧弊な〝一子相伝の教え〟も消えたが、恐らくこの流れで細々とした真っ当な学問も数多く押し潰（つぶ）された。平賀源内ほど有名ではないものも。

「蘭学と国学の流行り廃りは二十年くらいで入れ替わって、出始めは目新しく見えた源内は四十路過ぎると皆に飽きられて色物扱いされる。ずっと書斎に落ち着いて古典を読んでる蘭山先生の方が真面目で偉そうに見える。しかも源内は戯作や艶本なんか書いててふざけてる。学者らしくない」

鰻屋への助言も、どちらかといえばお笑いぐさだ。

「蘭山先生の教えと違う、おめえなんか詐欺師だ、異国かぶれのインチキ野郎が、帰って得意の艶本でも書いてろ、と、おれより遥かに頭が悪い連中でもこれくらいの悪口は言えらあな」

しかも頭のいい者はもっと真面目に源内の学者としてのあり方に憤るのである。

小野蘭山は広く本草学の道を説いただけのつもりが、結果として日の本中に平賀源内の敵を送り込んだ。

「源内は源内でやりかけで〝功が成ってねえ〟てめえに忸怩たるものがあるから、しょうもない揚げ足取りでもグサグサ刺さる。どうせ半可通に真面目に反論したって笑われて終わるだけだ。口先で嬲られた程度で、いちいちクソ忙しい老中の田沼意次に泣きついてもいられない。仕官御構でちゃんと雇われてる身じゃない。本気で高松藩を抜けて田沼意次に養われたきゃ、差し出す〝功〟の一つもねえと――」

「振り出しでござる」

「こんなの何回もやりゃ源内の誇りはズタズタだ。心を病みもするだろうさ。てめえのこと何もかも戯作に書いてたって言うが、本当に嫌なことは戯作にすら書けなかった。意地があるからよ」

世間の皆が平賀源内に求めたのは学問ではなく、海豚（いるか）の骨を天狗（てんぐ）の髑髏（どくろ）だと言うような悪ふざけ――

「そ、そんな流行り廃りなど、軽薄な輩（やから）ばかりでは。薬草をじかに触る者は少なかったとしても、教養で己を磨いて、武家でも商人でも立派に――」

「塾でも学問に命懸けてんのはおれや牛尾くらいで、和さん以外にも吉田やら田中やら落ちこぼれは山ほどいただろうがよ。学問より悪口で人の足を引っ張るのが楽しい連中が。和さんは一人でもっと高尚な趣味見つけて、おめえは堂々とおれのこと寄居虫（ヤドカリ）って呼ぶけど、あいつらが陰で泥棒とか丁稚（でっち）とか言ってたの知ってんだぞ。口だけのやつらなんてどこにでもいる」

牛尾は朝權の言葉で答えに詰まった。紺之介には吉田や田中が誰かわからなかったが、どんな人間かわからなくはない。紺之介は人と違うと悪口を言われる方で、朝權も見るからに悪口を言われる方だ。

「源内は異端で邪道の学者――正道で王道が誰かって、大蘭山先生だ。研究の成果じゃなくて質より量の弟子の大論壇で平賀源内の行く手を阻んだ」

やった方に自覚はなくても、やられた方が恨むには十分だ――

「しかも一歳違いで、新進気鋭の源内は老いぼれて若い頃のひらめきが鈍ってくると息が切れるが、大器晩成の蘭山は歳喰うほど有利だ。昔ながらの学問やってる偉い先生は年寄りで言葉つっかえる方がありがてえからな。いにしえの叡智を伝える老賢者の風格ってなもんでチヤホヤされる」

「そんな馬鹿な」

「世の中馬鹿なもんだぜ、おれや牛尾みてえな若造の医者が顔出すと具合悪いはずの病人が〝殺す気か〟って怒って殴りかかってくる」

冗談のようだが、確かに牛尾くらいでも医者としては若い。牛尾の家では五十代の父親がまだまだ現役で、牛尾は助手の扱いらしい。

「五十過ぎると人間、一区切り来て身体が老い仕度を始める。身体のあちこちにガタが来るだけじゃなく、陽道が乱れて怒りっぽくなって性格まで変わる。ここで気のいい年寄りになりきれなくて、おかしくなっちまうやつはいくらでもいる。若い頃は温厚だったのにじいさんになるとガミガミ言い出したりしてよ。——そこに橋本町の〝化け物のいる凶宅〟だ。橋本町って願人坊主の溜まり場だ。家の周りの柄が悪くてうるさい」

願人坊主は坊主というものの頭を剃っているだけの芸人で、要するに食い詰め者だ。江戸市中の治安はピンからキリまで。大きな武家屋敷の密集しているところならともかく、商人の町は油断すると裏手が破落戸や夜鷹の溜まり場になる。

「五十の境目を越えると、古い家に隙間風が吹き込むくらいのことで身体の節々が痛み出す。近所の音が気になって眠りが浅くなる。寝つきが悪いだけでどうでもいいことで苛ついて性根まで歪んで、不調が何倍にもなる。安い家を買って普請が悪いのが、若い弟子には何ともなくても源内には応える」

「……怒りっぽくなって些細な諍いで近所の人に刀を抜いてみせることがあった、大工と揉めなくてもいずれ何か起きただろうと、直弟子の方から聞いたことがあったな」

和斉が痛ましげにうつむいていた。

「直弟子も老いぼれたせいだとは言いにくかったんだろうよ。つい何年か前まで日の本中を走り回ってたから余計に弱ったのが身に応える。何より明るくて自虐癖があって、身内にも弱音を吐けなかった。自虐ってのは裏を返せば甘え下手で面倒くさい見栄っ張りってことだ。学者のくせに長男だから」

――気分で医者の養子に入ったりやめたりしたのに引け目もなく、長兄が買ってきた高価な羊羹を当たり前に食べる香西朝槿には、自分が甘えた三男坊だという自覚があった。驚くべきことに。

「源内は啖呵を切って国許を出てきたから家族とも疎遠。下戸だから酒を飲んで羽目を外すのも無理。――それが〝呪い〟の正体だ。些細なことが積み重なると、陽気なおっさんが刀持って暴れるようになる。格好悪いことを黙って呑み込んでるうちに、てめえが化け物に成り果てた」

――そんなつまらないこと。

陽気で頭が切れて人並み外れた才人だからこそ、つまらない不幸に耐えられなくなったのだ。安い家を買ったら湿気で身体の節々が痛むようになったとか、わざわざ語りたくもない。

「平賀源内の死に謎なんかねえんだよ。誰も本当のことを言えなくなっただけだ」

義経のように、実はどこそこで生きていた、忍者になったなどと伝説をささやかれていた方が、本人は満足だったのだろうか。

「……源内は上方で金策に困ってた。蘭山はそれにも関係あるのか？」

和斉が尋ねると、朝槿はうなずいた。

「京は弟子の貢ぎ物で食ってて、後はちょっと本でも借りりゃ十分やっていける蘭山、浪花（なにわ）はてめえが金持ちの商人の蒹葭堂の縄張りだ。学者の雛形（パブリック・イマーゴ）が出来上がってて、鉱山掘る金がほしいなんて言ってる弱小武家の源内がまともなやつに見えなかったんだろうよ」

「木村蒹葭堂……そういえば源内と蒹葭堂は同じくらいの世代なのに縁がない」

「正確には縁がなさすぎた、だ」

朝槿は牛尾の言葉を訂正した。

「当時の上方で学問に興味ある金持ちって言ったら蒹葭堂だ。源内はよその藩に仕官できねえなら商人の蒹葭堂に売り込むしかない。なのに縁が結べてねえってのは、もうそこで人生、王手詰みで投了だろうよ」

「それは金子だけの問題ではない。角落ち、いや飛車もなしで勝負するようなものだ」

「——少年、おめえヤットウの道場通ってるか」

彼はふと紺之介に水を向けた。

「拙者を入れてくれるような道場はないが兄上は北辰一刀流の免許皆伝で、兄上に鍛えていただいた。志では免許皆伝でござる」

「それ、学問にはナントカ流の免許皆伝なんかねえの。せいぜい儒学、朱子学を教える学問所で吟味するくらいで、後はどこの師匠のとこに何年いたとか。で、今から五十年前の上方じゃ本草学でなくても何かしらの取り柄のあるやつは上方の蒹葭堂の客分でお墨付きもらってた。五十年前は蒹葭堂の友達だけが〝知識人〟だ」

「は。……か、上方の商人に認められた者だけ？　蘭山ではなく？」

「蒹葭堂は上方の酒蔵の旦那だ。ただの金持ちの趣味人というだけで何にでも首を突っ込んで、ついに朝鮮通信使ともやり取りして、出島のカピタンとも会った。出島ではなく上方で。——蒹葭堂と交流のあった才人は何万人もいるという」

「嘘だろう」

牛尾が語ったが、紺之介はにわかには信じられなかった。

「医者でも学者でも芸人でも免許皆伝も御前試合も道場破りも何にもねえから、千人も万人も友達がいるだけの酒蔵の旦那が権威的圧力団体になる」

「言い方が悪い。誤解を招く。かつて浪花では趣味人仲間がことあるごとに蒹葭堂の家を訪ねていたが、そのうちよそで名を成した学者や殿様までわざわざ蒹葭堂に手紙を寄越して会いに来るようになった。社交場と言うと偉そうだが、溜まり場。そんなものでも日の本に二つとない文人集団で二、三十年も続いた。並みの友人でも十年もつき合い続けるのは大変なのだから凄まじい人徳だ」

――蒹葭堂の知己の文人は数万人に及び、その影響力は蘭山をも超えるという。

学問、文学、芸術、得意の範疇は不問、何らか一芸に秀でた者。

蒹葭堂のサロンに名を連ねるのは松浦静山、頼山陽、中井竹山、本居宣長、上田秋成、俳人では与謝蕪村、大田南畝、絵描きでは池大雅、円山応挙、伊藤若冲、田能村竹田、司馬江漢、医者では杉田玄白、橋本宗吉、変わったところでは禅僧で茶人の賣茶翁――

「えっわたしも蒹葭堂になりたい！」

牛尾の挙げた名を聞いて、和斉が自分の身をかき抱いて身悶えした。

紺之介でもうっすらわかる、儒者や国文学者、絵描きも格調高い掛け軸や屏風を描く人たちだ。金持ちで人の好い酒蔵の旦那というだけでは尊敬されない。――頭がよくなければ――それでいて才走っていない方がいい――

「〝知己〟や〝友人〟に基準などないから、これだけの人材が集まったとも言える。今言った名は偉い順だから上澄みだ。後はよくわからんやつが何万人もいる。それこそ当たりの富くじだけ買えん。隗より始めよ、だ。こういうあやふやな関係は、とろくさいやつを追い出したら才人も逃げて、五年やそこらで台なしになるものだ」

「十人くらいで集まってると、知らないうちに女の取り合いなんかで揉めて喧嘩してあっさり縁が切れちまう。三十年でいつでも連絡取れるやつが五百人くらいだったとしても化け物だぜ。殿様や師匠なら〝喧嘩両成敗〟って叱りゃいいけど〝友達〟が取りなすの、面倒じゃねえか。トンデモ人間だぞ」

朝槿は仲間内の色恋に気づかない方らしい。人間がたくさんいたら揉めごとばかり多いはず、という話には紺之介もぞっとする。他人の喧嘩の仲裁ばかりになりかねない。

「蒹葭堂自身、本草学の枠に囚われない真の知識人だったのかもしれん。かつて日の本の全てを識っていた男だ。浪花の蒹葭堂を訪ねればその人脈を介してあらゆる知性に触れることができる時代が二、三十年もあった。今の上方にそんな仕組みはない」

学者一人、絵師一人探すにもあちこちの家を訪ね歩かなければならないのが、蒹葭堂が生きていた頃ならそこに行って茶を飲んで話すだけで相応しい相手に出会えた――

「蒹葭堂本人の功績は一角獣の本だけだが、普通なら出会わない才人同士を引き合わせて上方文化そのものを一つ上の段に押し上げた。学問でも書画でも俳句でも蒹葭堂がいなければ世に出なかったものはいくらでもあるだろう。金持ちの道楽者や趣味人など世にごまんといるが、蒹葭堂になれた者は他にいない――」

「この顔ぶれに平賀源内が入ってないの、お終い！　終了！　こいつだけ仲間はずれ！」

朝槿が畳を叩いた。

「源内の友達は入ってんだから後一手、友達が口利きすりゃいいんだから源内側が偏屈でそっぽ向いてんだぞ！　何万人もいるのに平賀源内だけ選んで追い返したりしねえんだよ！　同時代のくせに〝蒹葭堂のサロン〟の影響力を見くびってやがった」

「友達の数が万単位の人と比べたら、大抵の人間は陰気で偏屈でござるか……」

　ここに来て〝偏屈な学者〟というよくある言葉の意味まで変わった。

「おれが思うに、源内が行く先々で山師呼ばわりされたのは、蒹葭堂の後ろ盾がなかったからじゃねえのか。浪花に顔出して名前だけサロンに入った自称〝名士〟〝文士〟が諸藩に山ほどいたはずだ。蘭山の講義を聞くより楽なんだからな。蒹葭堂も蘭山の弟子だからそっちでも仲間だ。どうしてお前は仲間じゃない、となるのに決まってら」

　――神君家康公以来、公方様をいただく都であるという顔をしている江戸だが、未だに物流においては上方に劣る。酒も食べ物も織物もまず上方のものがよいとされ、上方から江戸に運ばれたものを〝下りもの〟と呼ぶ。学問や文化においても上方商人が優位。江戸しか知らず江戸で暮らす分には何ともないが、日の本全土を駆け回って商いをするのに上方に手蔓がないのは飛車と角を落として将棋を指すようなもの。

　手形なしで関所を通るのと同じ。まるで不可能なわけではないが、ほんの些細なことにいちいちつまずく。「上方にこういう伝手がある」の一言で済む話が大きな壁になる。

　香西勘解由が京帰りをひけらかすのは、上方の公家や商人に顔が利くのが江戸では役に立つ取り柄だからだ。今どき、武術よりよほど売りになる。

「学者でちゃんとしてるって身の証立てるにゃ仕官してるか、人に紹介してもらわなきゃ駄目だ。権威と人脈、どっちも源内にはなかった。成り上がるのに必要な最後の一欠片は、功よりも蒹葭堂の人脈だった」

「……上方商人とつるむのは矜持が許さなかった、のかな。上の方がすごいだけで下の方の仲間だと思われたくない、とかあったんじゃないか。気に入らないやつが先に仲間になっていたとか。蒹葭堂本人も虎の威を借る狐に見えたんだろう」

　和斉は物憂げに湯呑みを見ていた。

「一匹狼を気取ってコケてたんじゃ頭の悪い話だぜ。人とつるむのが嫌とか、意地を張った分だけバッチリ損した。それを偏屈って言うんだ。源内こそ〝知性〟を本人の斬新なひらめきや発想のことだと決めつけて、てめえの才だけにしがみついてたから、一人で転んだら終いになったんだよ。逆にこの四面楚歌、王手詰みの状況で、金山の一個や二個見つけて金持ちになった程度で地位や名誉を得られると思う方がどうかしてら」

　結局のところ、田村藍水門下、出島帰りの平賀源内の経歴が通用したのは江戸だけで、上方に縁者がいないのは後々まで足を引っ張った――

「平賀源内の人生だけ見るから〝乱心〟の理由が〝呪い〟になる。周りに誰がいたか、誰がいなかったかが重要だ。後から来た野次馬向けにゴテゴテと飾ったなれの果てが呪いだの忍者だのだ。どれがもっともらしいとか、くだらねえ」

　才はあったが、己の才だけで切り抜けられない全てに足を取られて死んだ。

　異端の宿命とはそんなものか。

「蘭山との因縁を承知の古道具屋の主人は、和斉殿を上回る源内贔屓でござるか。直弟子？」

「正式な弟子ではなく何度か口を利いたことがあるくらいだったようだが、心酔している口ぶりだったな。確かに〝ごとき〟とは言うべきでなかった」

　牛尾は苦々しげに冷めた茶をあおった。

「しかし学問の方はまるで門外漢だった。大蘭山先生の影響力を知らんとは。おれが温厚だからよかったようなものの、あの主人、いくら源内贔屓でもあんな調子でこの先も蘭山門下に嚙(か)みついていたらどんな目に遭うかわからん。言っては何だが蘭山門下の師匠への心酔ぶりはもっとすごいぞ」

　実際、黙って追い出された牛尾は温厚だった。今どき斬り捨て御免は滅多にないとはいえたまにはある。

「何せおれが公方様のお師匠の御用学者様に難癖つけてたって、おめえが同心の兄上に密告するだけで身の破滅だからな！」

　朝槿の言い草は紺之介を見くびっていた。紺之介としても破滅させたいのは山々だが、既に密命を帯びているのに他の小者の手を借りるのは癪(しゃく)だから我慢するしかない。

「源内対蘭山は今になっても源内の方が分が悪い。源内側の事情しか知らないでわかったような口を利いてたら、この先、どんな目に遭うか知れねえぜ。源内本人がおっ死んだ意味を理解してねえんじゃねえか。――一発、おれたちで素人に灸(きゅう)据えてやるしかねえのかな。悪い遊びするもんじゃねえってよ。呪いだけでも我慢ならねえのに、よりにもよって学閥にいっちょ噛みするたあ。学者の恐ろしさ、目に物見せてやるか」

朝槿は箸（はし）先で皿から餅（もち）のかけらを剝（は）がし、黄粉（きなこ）と丸めて小さな団子にして口に入れた。

五

「――策は一つ。亡霊には亡霊ぶつけんだよ」

朝槿はわけのわからないことを言った。

「おれが刀を鳴らしてじいさんを脅す」

「よくわからぬ。刀は鳴るものではない」

「おれのこの刀は殿様から拝領して十年、一回も抜いてないから、抜こうとしたら中で引っかかって鳴る。人なんかとても斬れねえ」

「殿様からの拝領刀を何だと思っているのでござるか」

今どき刀を抜いて戦うことなど同心でもそうないが、それでも毎月打ち粉をして油を塗って、たまには研がなければならないものだ。朝槿は紺之介の抗議を無視した。

「だから和さん、おれが無体したら止めるふりして何か親切ごかしたいいこと言ってくれ。〝いい同心、悪い小者〟だ」

「初めて聞くけど」

「悪い小者がいかにもガラ悪く絡んだ後だと同心の親切が身に沁（し）みて効き目が増す。汁粉に塩昆布を添えると甘味が増すようなもんだ。猟で言えばおれが勢子で和さんが鷹」

　そのたとえは合っているのか。

「そもそも、蘭山門下だって知れたら朝さんも追い返されるんじゃないのか？」

「それは考えてある」

　皆で策を練って牛尾を一人茶店に残して出ると、朝槿は道端で棒手振りが菜花を売っているのを呼び止めた。束で売っている黄色い花は家の中に飾ってもいいし、おひたしにして食べてもいいものらしい。

　小銭で黄色い花の房を手に入れると、朝槿はそれをこめかみの辺りに差した。

「どう？」

「へ、へぇ……」

　棒手振りも、大の男が髪に花を飾るのに目を白黒させていたが、売った手前、まずいとも言えないようだった。

「和さん、鏡ある？」

　香西朝槿は綺麗な人喰い鬼の如き美形だったが、髪に菜花を差して和斉のかまえる懐中鏡を見ながら表情を緩め、若くして死んだ彼岸の亡夫を想う若後家のような柔らかな美貌になった——誰だお前は。

「わたし……わたくしは心優しき瀬戸内の豆腐の精でございます……豆腐は急ぐと崩れるのでゆるりと行きましょう皆様……」

朝槿は喋り方までゆっくり優しげになった。——敬語を喋れるのではないか。

「そのそれは……何でござるか？」

「源内は女形が好みなんだから、源内贔屓のじいさんが期待する天才変人学者はこう。豆腐の精は人ではないから男も女もないのです……」

理に適っているのかいないのか。

「瀬戸内の豆腐の精、よく考えたらなぜ江戸弁を話すのでござるか」

「医塾の師匠に教わっ……教わりました」

扇子で顔を半ば隠し、心なしか歩き方までしゃなりしゃなりとして役者じみている。普通に歩いてもどうせ彼は奇抜な髪型で人目を引くが、それにしたって。扇子は黒い紙に躑躅のような赤い花の絵が描いてあるが、これが石楠花だそうで勘解由と揃いだ。やりすぎて、店に着くまでに不逞の輩に絡まれないかひやひやした。芝居小屋のすぐそばでこんな、風紀紊乱で捕縛してもいいのではないか、と後から気づいた。

くだんの店は中も小道具の竹光やら、役者以外の誰が着るのかわからない髑髏蜘蛛の小袖やらが置いてあった。小道具ばかりかと思いきや、茶簞笥だけは普通の茶簞笥が置いてある。あるいはこれも舞台に置かれたことのある茶簞笥なのだろうか。

主の老人は帳場に座って暇潰しに読本など読んでいた。江戸っ子は髭を伸ばさないものだが剃るのが間に合わないのか、白い無精髭がほおの辺りまで覆っていた。娘は見当たらない。

香西朝槿が入ってくると、主人は目を剝いた。髪に花を飾った儚げな若後家のような瀬戸内の豆腐の精、何事かと思うだろう。

「ど、どちらさまで」

「香西勘解由殿の紹介で、源内先生の形見の品を譲っていただけると聞いてまいりました。わたくし、医師で本草学者の羽鳥永蜻と申します」

朝槿は恭しく頭を下げるが――いきなり名前まで嘘だが。この嘘つき大魔王は本当のことを喋ると死んでしまうのか。

主人はよろよろと立ち上がってお辞儀した。

「が、学者様ですか。これはご丁寧に」

小袖に前垂れをした身体は小さく細く見える。こんなに小柄でよく牛尾に食ってかかったものだ。

裏の長屋で金魚を飼っている浪人が、香西勘解由の知り合いだったとのことだった。こんな騒々しいところで金魚、と思うが芝居の声のせいで鳥などが来ない。金魚は人間のうるさいのをかまわないので案外うまくいくものらしい。

「このたびは甥が臥せって、朝鮮人参が必要になりまして」

「それは大変です。お身内のため貴重な形見を手放してまで薬をお買い求めになるとは、きっとよく効きますよ」

「折角手に入れた源内先生のお形見です。どうせ手放すなら、相応しい学者様にと思っているのです。羽鳥様でしたか。本草学はどちらで」

「わたくしは尾張本草学派で村瀬幸八について薬草の栽培を学びました」

――誰。どうせわからないと思ってこれもいい加減な嘘なのでは？　よくよく考えたら蘭山の弟子が千人ということは、直弟子同士が出会っても面識がなかったりするのでは。蒹葭堂の客分などお互い知らない同士ばかりだろう。

「役者なのかと思いましたよ」

「役者が前髪を残すものですか。学者ならではですよ、これは」

朝槿は誇らしげに前髪を指で弾いた。

「お師匠様に前髪を残すよう言いつけられまして。月代を剃るくらいならいっそ頭を丸めろと」

「ああ、それで……しかしよくお似合いで」

主人は納得した様子だったが――本草学の師匠とはそんな無体を強いることができるものなのか。

主人は朝槿の美貌に惚れ惚れと見とれているようだった。棒手振りは薄気味悪がっていたのに。日頃見かけないものを、忌避する者もいれば珍重する者もいる。主人は役者より珍しい、江戸と言わず日の本に一人しかいないうら若き本草学者を大変お気に召したようだった。

「朝顔はこの世で最も儚い花と誰かがおっしゃいましたが、ここに散らない花が」

「大袈裟な。もう何年かすれば普通の親父になりますよ」

「いえ、きっと二代目菊之丞とはあなたのような方だったのでしょう。三十代で早世し、男ながら笠森お仙や高尾太夫と並んで明和三美人と称された不世出の女形で、源内先生の永遠の恋人で──」

恐らく朝槿の目論見通りだったが褒められすぎて気色が悪いのか、本人は密かに落ち着かなそうに右足を下駄から浮かせていた。

主人が家の奥から本三冊と手紙を持ってきた。塗りの文箱に入っていて、本の血の染みは遠くからでは見てわかるほどではない。

「では拝見いたします」

朝槿はビイドロのレンズに手鏡のような柄のついた虫眼鏡を懐から取り出した。品は帳場に並べているが、しゃがんだ方が早いくらい身体を折って虫眼鏡を覗き込んでいる。犬が匂いを嗅いでいるようだ。呪いは嘘だと言い切ったが、何が見えるのだろう。

「呪いを感じますかな？」

店主が茶化すような声をかけたが、朝槿はお辞儀するように背を曲げたままで返事もしなかった。店主が後じさったのは、朝槿の丸めた背中から殺気でも感じたのだろうか。

「和さん」

いつまで見ているのか、と思った頃に朝槿は和斉を手招きして代わった。和斉は持参の巻物を横に広げて、虫眼鏡で手紙と筆蹟を比べた。これで贋物だったら筋立てが変わるところだが、和斉は朝槿をちらりと見て二度うなずいた。真筆ということだ。

「まあ、本当に源内先生の真筆が世に残っているとは。何とありがたいことでしょう。買わせていただきます」

朝槿はわざとらしくしなを作って袖を目許に当てる。いそいそと和斉が懐から財布を取り出し、金子を数えて帳場に並べる。まるでお伴の和斉が朝槿の財布を預かっているように見えるが、純然たる和斉の小遣いである。直筆の手紙の方が高値なので後で本の分を返すらしい。

「こちらこそ。粋を知る方の手に渡って、源内先生も草葉の陰でお喜びでしょう。今どきの学者はなってないと思っていましたが、まさかこんな方がおられるとは。全く、偉ぶった蘭山門下とは大違いだ」

主人が嬉しそうに言うのに、紺之介は何とも据わりの悪いものを感じた。

「ほう、わたくしが蘭山門下とは違うと」

朝槿の声音に不穏なものが漂った。

「――お目が高い！　わたくしも嫌気が差していたのです。世の中、蘭山蘭山と猫も杓子も馬鹿の一つ覚えで。息苦しくてなりません」

その不穏な調子は一瞬で消えたが――

朝槿のしていることは上っ面ばかりだ。見るからに奇矯な格好で主人の歓心を引いて、口先でおもねってみせる。それに気づかない主人に、紺之介は他人事ながら怒りすら覚えた。

　そんな浅薄な心で牛尾の言葉尻をとらえて追い出すなんて。

　牛尾は紺之介が男装しているとわかっても、からかったり気味悪がったりしなかった。慎重で礼節のある人物だ。源内への敬いは、まあ足りなかったのだろうが――

「こちらの本は呪われているとのことですが」

「ええ、我が家もまんまとやられました。店がすっかり丸焼けで」

　主人は多少声を低め、泣き真似をするように袖を目に当てた。

「源内先生の亡霊が夢枕に立ったりするのでしょうか」

「ええ、火事の前日に恨めしそうに。何か訴えたそうな風情で」

「それはすごい。わたくし全く霊感がないのですが、ぜひ見たいです。何か罰当たりなことをした方が出てくるのでしょうか」

　昨日と今日で一生分、平賀源内の悪口を言ったはずだが、これ以上何をするつもりだ。

「ご主人はこの本を読みましたか？」

「ええ。朝顔の育て方。源内先生は今の変化朝顔の流行りを見越して何か仕掛ける気だったんでしょうか」

「それ以前に、尾張藩には江戸より百年早く変化朝顔の流行りが来ていたんです。これは貴重な資料です」

「そうなんですか？」

「著者の三村森軒先生は本草学の大家として藩主宗勝公の覚えめでたく尾張御薬園を管掌し、八代吉宗公より下された朝鮮人参の種を御薬園に植えつけて世話する〝人参御用〟のお役についておりました」

すらすら朝槿が語るのに、主人は少し圧倒されたようだった。

「尾張御薬園の主。それは偉い方なのですね」

「ええ。八代吉宗公は薬種である朝鮮人参を量産して国内の病人を治し、またこれを異国に輸出することで外貨を獲得するご心算で試作させていたのです。――我ら尾張本草学派はただ学者というだけではない。尾張藩は神君家康公がご子息のために普請なさった那古野城をいただく格別の地。尾張の本草学者は薬師如来でもあられる家康公の御為、切磋琢磨して技を磨き、至高の仙丹を練って神前に供えるがお役目！　志では東照宮の神官にも負けぬ神聖なる務めである！」

朝槿の口調が途中で変わり、狭い店に響くほどに大声を上げた。こんな大声を上げるのは珍しいらしく、和斉ですらびくついた。

――昔の武将が名乗りを挙げるように、学者にも「やあやあ我こそは」の口上があるとは。普段の朝槿も、平賀源内も絶対にこんなこと言ってなさそうだ。

主人は、先ほどまで冗談を言っていた〝洒落のわかる客〟が突如〝極まった学者〟に変貌したのに呆然としていた。何せ朝槿は顔つきまで豆腐の精をやめ、鬼の本性を表していた。

「そのほう！　真に称えられるべき誉れ高き三村森軒先生を知らずに、平賀源内ごときを持て囃すとは何ごとか！」

「え、あ、ええと……」

──そんなことを言われたって、知らんものは知らん。誰でもそう答えるのを主人が呑み込んだ気配がした。

「あまつさえ呪いの本とは無礼千万。そもそも三村森軒先生こそ、この日の本で初めて朝鮮人参を栽培するのに成功したのに、田村藍水めが己の手柄としたせいで！　今、森軒先生が世に名を知られておらんのは全てやつらの仕業！　田村藍水の弟子の源内も同罪である！」

──また、本当か嘘かわからない話が飛び出した。勢いなのか喋り口調が安定していない。

「尾張の学者として、先生の御形見がおろそかにされているのはしのびない。せめて我がものとしてお救いせねばと思ったが、黙って聞いていれば言いたい放題。わしは尾張本草学派最後の一人として、そこもとのような軽佻浮薄の輩を成敗する！」

朝槿はついに刀の柄に手をかけた──

が、白刃は引っかかったりせず、するりと抜けた。みっともない音を立てたりなどしなかった。

事前に聞いた話と違う。しなやかな曲線を描く刃はよく研がれて油を塗られており、美しく輝いている。

朝槿の方は刀が鞘から抜けた途端にたたらを踏んで数歩よろめき、挙げ句、切っ先を茶簞笥に当てた。見苦しい。

背と腰の筋を鍛えておらず、手だけで扱おうとして刀の重さに振り回されている。刀身の長さを把握していない。彼が十年も刀を抜いたことがなく、抜けるはずがないと信じていたのはどうやら本気だった。

「――そこになおれ！　素っ首叩き落としてくれるわ！」

一応、臨機応変に芝居を続けるようで声だけは威勢がいいが、朝槿は刀の切っ先が茶簞笥に食い込んで抜けなくなったらしい。一生懸命押したり引いたりしているが、びくともしない。この男、藁束すら斬ったことがないのではないか。素振りからやり直せ。

剣士として物の数にも入らないのが紺之介には手に取るようにわかる。が、主人は腰が抜けたらしく、這いずって張りぼての陰に隠れていた。意味不明なことを喚くやつが大きな刃物を持っていれば十分怖い。

「朝さん、刀は駄目だ。まずい。町の真ん中だぞ」

和斉がのんびりと言った。和斉は作戦における自分の役割を思い出したようで――朝槿を止めるのではなく、彼の危機を助ける方になったが――形ばかり主人に手を合わせて詫びるふりなどした。

「すいませんねえ。この人、こだわりが強くって」

それから背を伸ばしてわざとらしく朝槿に語りかける。

「朝さん、源内贔屓なんか江戸に山ほどいるのを皆殺しにできるわけないじゃないか。ちょっと説教するだけって言ってたのに、刀まで振り回さなくたって。危ないじゃないか。怒って世の中の何が変わるんだよ。落ち着いて。学者でもない素人相手に目くじらを立てるなよ」

和斉のこれは源内贔屓の主人にあてた台詞だと、気づいてもらえればいいのだが。

「森軒先生を馬鹿にする者は成敗する！」

「仕方ないだろ、誰も知らないんだから。百年も前の人、とっくに死んでて朝さんだって会ったことないじゃないか。いくら心の師匠でも、そのために罪人になっていいことはないぞ」

和斉が取りなし、身を屈めて張りぼての陰の主人にささやく。

「ほら、あなたも、何か謝るふりして。ふりでいいから。あの人も意地があるからきっかけがないと刀を納められないんです。何でもいいんですよ。学者先生に失礼だったとか。こんなことで殺されたら損でしょう」

おためごかしだ。だがそそのかされて、主人は悲鳴のように叫んだ。

「も、申しわけありませんでした、非礼をお詫びします！　の、呪いというのは嘘です！」

「そうなんですか？」

主人が勢いで口走ったのに、和斉は間の抜けた相槌を打った。

「うちの火事は寝煙草です！　この本が何かはあたしも知りません！　血がついているのは下巻だけだし中は読めるので、勿体なくって！　血のついた本に何も話がない方が気味悪いかと思って！　さ、三巻一具の残り二巻は綺麗だし、源内先生の判子が捺してあるし！　悪気はなかったんです！」

主人が金切り声でまくし立てた。

——言われてみればそれもそうだ。古紙屋で漉き直されるよりは、悪趣味な味つけをしてでも本のまま買い手を探した方が。源内の形見ならどのみち奇妙な噂が立つ。思ったほど悪意ではなかった。

「朝さん、呪いなんて嘘だって！」

「なにぃー！　そうか、嘘だったのかー！」

「謝ってるんだから許してあげよう！　頭を下げてる町人を斬るなんて学者のすることじゃない！」

「ぐぬぬぬぬ」

和斉と朝槿が取って付けたようなやり取りをした——

さあここまで来れば朝槿は「今日のところは勘弁してやる。これに懲りたら二度と学者におかしな因縁をつけるなよ」と刀を引っ込めればいいだけ——なのに、切っ先が茶簞笥から抜けない。まさか刺したままで帰るわけにいかない。

朝槿は足を踏ん張り歯を食い縛って、必死で刀を引っ張っているようだ。顔を真っ赤にして、自分が美男だということもすっかり忘れた力みようだが、全く抜ける気配がない。刃の切れる向きを把握していないからだ。

　致し方ない。

　次は紺之介の出番だ。打ち合わせなんかしていないが。

　紺之介は前に出ると、胴がら空きの朝槿を一思いに蹴倒した。朝槿はひっくり返って帳場に尻餅をついた。

　茶筅筒に引っかかっていた刀が持ち主の手から離れ、余計な力がなくなって床に落っこちる——

のをすかさず紺之介は柄を掴んでかまえる。手を切るほど不器用ではない。自分のような者が男に舐められたらお終いだ。剣術を鍛えて嫌というほど組み討ちの特訓をしてきた。刀は丹田で振るうものだ。

　今の騒ぎで少し切っ先が欠けていた。勿体ない。

　——さて。この刀で持ち主を成敗してやってもいいのだが、真っ昼間に芝居小屋の近所では、すぐに人が来て香西勘解由に話が筒抜けだ。勘解由もさぞへっぴり腰なのだろうが、同心より身分の高い檜打藩士を差し向けられ、追い回されるのは勘弁だ。切っ先を下に向けた。

「誰の功だの誰が仇だの阿呆らしい。学者とは斯様に偏狭か。御託を並べおって、結局は人の悪口ばかり。学問よりその方が楽しいか。人を救うのが学問でござろうが」

紺之介は心の底からそう思い、言い放った。

「薬を練って病に苦しむ民草を救うのが学者の務めではないのか！　学問は今生きている者のために用いるべし。とうに死んだ誰が偉いの何の、知るか！」

これが落としどころというものだった。

六

恐らく香西勘解由の仕業だった。

「……目釘が違う。鞘も。殿様の拝領のじゃない」

店を出てから朝槿が刀をまじまじと見て間抜けなことを言った。

あの家で刀を、盗むならともかく使える品とすり替えることができるのは香西家の長兄だけで、身内の情でだらしない弟を陰ながら助けていたのは明らかだった。説教するより兄自ら手入れした方が早いと思ったのに違いない。

「腰の物が替わっていたのに気づかないとはどうなっているのでござるか」

「いやあ……重さはぴったり同じだ」

学者とはいえ武士の風上にも置けない。

「拝領の名刀は家宝として晴れの日のために大事にしまって、常日頃はこちらを使えと用意してくれたのでござろう」

紺之介には悪い解釈はできなかった。あるいは朝槿が兄にもらったのを忘れている、というのもありえる話だった。

「拝領の名刀の杜撰な扱いを見かねて、兄君がいっそ己のものにしたいと思っても貴殿が咎める謂れがあるのか」

「まあ……」

刀のことは全て朝槿が悪い。そういうことになった。今後、兄とどう相談するのかなど紺之介の知ったことではない。

茶屋に戻ると、牛尾は近所の芝居茶屋から弁当を出前して、夕食前の軽い食事をしていた——大柄なだけあって健啖家で、卵焼きだの魚の照り焼きだのを食べていた。お高い弁当なのか、おかずが豪華で飯に豆が炊き込んである。

彼は血の染みのついた本を抱えた朝槿がホクホク顔で帰ってきたので薄寒そうだった。

「本当に、お前はなぜそんな本を……悪趣味極まりないな」

「何とでも言え！」

朝槿の羽織には紺之介の足跡がついていて惨めなありさまだったが、本人は誇らしげだった。本の表紙をめくってみせる。

「ほら、これが源内の蔵書印だ！　よく見ろ、ここに田村藍水の諱が。師匠から弟子に譲られた本だぞ、お宝だ！　歴史的発見！　これがちょっと汚れてるだけでタダなんてお買い得！」

学者など蔵書家は、本の空いたところに自分の名前や「早く返せ」「綺麗に読め」という文言の判を捺して、貸し借りしたときの混乱を防ぐそうだ。その本にも四つ、判が捺してあった。牛尾は感心した顔ではなかった。

「あれだけいろいろ言って、結局源内の形見がほしかったのか？」

「おれ以外のやつがこの本が呪われてるの何のと言って、お札を貼ったりしたんじゃ我慢ならねえからな。うちに来るべき本だったんだ。血なんか弟子の鼻血かもしれねえだろ。血が怖くて御典医の養子になれるか！」

「もうやめたくせに。――朝顔は今どき、もっといい本があるだろうに」

和斉が牛尾の言葉尻を捉えた。

「それだよ。朝さんはもうこの本を持ってるのどう思う？」

「もう持っているのにわざわざ!? なぜ！」

「知りたいだろう、どうしてこの本なのか」

和斉が牛尾を焚きつけ、二人して朝槿ににじり寄る。

「わたしは今回かなり尽力したんだから教えてくれてもいいだろう!?」

実際、主人が「本の代金はいらない」と固辞するので、迷惑料ということで和斉が手紙の代金を上乗せしたのだ。

二人の剣幕に圧倒されて朝槿は蜘蛛みたいに後ずさったが、衝立に背中が当たって止まった。どのみち逃げおおせるものではない。

「……なぜって、話せば長くなるぜ。まずおれが故郷を出て出島に行って」

「聞きたいなあ。幼少のみぎりから。朝さんは国許の話をしないし。お茶でも飲みながらゆるりと。お弁当食べる？」

「おれも聞きたい。お前、檜打藩で一番頭がいい神童で、御典医の養子になったのだろう。出島でも評判の英才と、鳴り物入りで江戸に来たのではないか。仔細を詳しく」

「あー……ええと……」

和斉と牛尾に問い詰められ、朝槿は四面楚歌の面持ちになった。いつもの饒舌ぶりはどこへやら、歯切れが悪い。

「牛尾おめえ、そういうとこが厭味なんだよ……おれみてえなのが朝顔に詳しいのは、貧乏武家で餓鬼の頃から内職で作ってたからだよ……おれからすりゃ、実家が太い医者のおめえに引け目を感じるんだよ」

「ああ？」

牛尾が訝しんだ。

――貧乏武家の内職といえば、朝顔作りと金魚の飼育。他にも鶯を飼って卵を孵したり、いろいろあるらしい。傘貼りや扇貼りは「竹で矢を作る練習」ということになっているとか。「父上が同心でなければお前たちも内職をすることになっていた」と母が口酸っぱく言う。

「香西家は六石の足軽でおれと兄者と下の兄者、父様母様と五人家族でもうギリギリだったんだよ」

「ろ、六石」

あまりに少ないのに紺之介は息を呑んだが、

「一人が一年食べてくのに米一石だっけ？」

和斉はぼんやりしていた。牛尾も驚いたようではなかった——医者は武家の俸禄の仕組みを知らないのかもしれない。

「あのな。人一人は一年に一石の米を食うかもしれねえが、着物の仕立ても家の普請もあるから一人一石で一年は暮らせねえんだよ」

朝槿は投げやりだった。彼にも恥ずかしいという感情はあるらしかった。

「父様はお城の門番で香西家は苗字帯刀こそしてるものの言うほど武家かって。扶持だけじゃ食ってけねえから、庭を畑にして餓鬼三人で夏は茄子と胡瓜を作って冬は大根を作って。うちより稼いでる農家はいくらでもいた。ヤットウより鍬持つ方が得意だし四書五経、何それ食えるのって」

紺之介の家にも中間や小使いくらいはいるので、香西家の暮らしぶりは凄まじいものがあった。朝槿の背が低くて細身なのは飯が足りなかったからなのか、とまで考えた。

「あるとき何かの間違いで『朝顔明鑑鈔』がうちに舞い込んだ。三巻のうち、上の巻だけ。父様が江戸勤めから帰ってきた上役にもらったんだっけ？　おれたちはその本、仏壇で拝んで朝夕眺めてはせっせと鉢植えの朝顔作ってたんだよ。神棚だと手が届かねえからな」

――檜打藩ではご家老が朝顔好きとのことで、ご家老が登城する戌の日に通り道に夜明け頃から花の鉢植えを並べるのが通例になっていたそうだ。変化朝顔のよくできたのが目に留まれば、取り立ててもらえるかもしれない。いつの間にかそういう話になっていた。

だがそれは本末転倒だと香西家の次男・夜二郎が気づいた。

「ある日、下の兄者が言い出した。商いは人と同じことをしてちゃ駄目だって。花は女にやるもんだから、遊里の近くで売った方がいい。朝顔は朝に咲くんだから遊里に人が来る夕方はまだ蕾。遊里じゃ助平が済んだら男は夜中でもさっさと帰されるから、〝この蕾が咲くのを一緒に見たい〟とか言って女郎をかき口説いて朝の遅い時間まで粘れ――そう助平男をけしかけたらどんな花が咲くかわからねえ蕾でも売れる。そうなりゃ流行りの花びらが糸みたいで奇抜なのより、並みの二重咲きくらいでほどほどに綺麗なのがウケる」

香西家の次男にはなかなかの商才を感じる。耳年増でもある。

「売れたの？」

「朝より売れた。ただ〝朝顔が朝顔売ってる〟って指さされて恥ずかしかった」

「どういう意味でござるか？」

紺之介は何か地口なのかと思った。

「……餓鬼の皮かむった男根が朝顔の蕾に似てるってんで。おれは一番チビで女みてぇな顔だから頭に花を飾って兄者に口説かれる女郎役もさせられた」

朝槿は流石に恥ずかしそうだった。

「そんで、まあまあ売れて帰るかって頃に、上等な羽織袴のおっさんが来て朝顔くれって小判を一両出して」

「お大尽だね。朝顔にしては高値だ」

「鉢じゃなくておれの腕摑んで連れて行こうとした」

「……朝さん、いくつのときの話？」

「十二」

「ドケチが買い叩いて！　あ、朝さん、無事だったの⁉」

「まあな。おかげさまで清童だよ」

和斉は青ざめたり赤くなったり百面相だったが、朝槿は平然と話を続けた。

「おれは餓鬼の頃ぼーっとしてて何されんのか全然わかってなかったけど、上の兄者が小判叩っ返して啖呵切ったからよ。〝武家は弟を売らん〟って。兄者がおっさん蹴り倒して、おれの手を引っ張って逃げて」

訂正する。香西家の三兄弟には武家の誇りがあった。

「よ、よかった！」

「全然よくねぇ」

和斉は安堵したが朝槿は不満そうだった。

「下の兄者もおれに似てるから皆で逃げて、誰も朝顔の残りの鉢持ってこねえでそのまんま。ついでに逃げる最中に売り上げた銭も落っことして、帰ったら父様に三人まとめて雷落とされて。三人とも晩飯抜きになったが、母様はもう飯炊いちまってて。勿体ねえから夜中にこっそり握り飯にして食わせてくれたけど、朝顔の季節だから酸っぱくなっててよ。兄者は二人とも半分だけ食って残りおれに押しつけてくるし、酸っぱい飯食ったら気持ち悪いし、上の兄者は羽織のおっさんが身分のある人だったら父様もおれたちも捕まって打ち首だ、我が家はお終いだって泣き出すし。餓鬼の頃って何もかも最悪だった」

「打ち首になったように見えんが」

「うん、まあ。次の日に置き去りにした朝顔を駄目で元々で取りに行ったら、そこにご家老様がいらして」

いきなり急展開だ。

檜打藩の家老はその前日、近くの茶屋にお忍びで来ていて、健気な朝顔売りの三兄弟が弟を庇う一部始終を見て、心を打たれたという――

「例のおっさん、やっぱり偉い人だったんだけど、ご家老様と揉めてたらしい。兄者はご家老様のお小姓やることになって、父様までいきなり門番から馬廻衆になった。おれも四書五経とか算盤とかさせられたんだが、思ったよりできたらしくて、いつの間にか御典医の養子になって出島に行くことになってた。読み書き算盤ができるわりにお城勤めに向いてなかったから、出島で何かしら芸を身につけろと無理矢理に修業に出されたとも言う。上の兄者は京に行って今は江戸にいる。下の兄者はお城で長いこと小姓やってて、今頃出島でシーボルトとかいう異人の小使いをやってる」

こんなこと香西朝槿以外が言っていたら「嘘つけ」と突っぱねるのだろうが、上流の武家に生まれついたらきちんと躾されて、刀も抜けない無様な男になるはずがない。「本来、朝顔を作るのが関の山の貧乏武家がたまたまご家老様に目をかけられた」のだろう。……香西勘解由は十五にして奸物の家老を暗殺して自分の主を筆頭家老に押し上げて。大体本当だったのか。

朝槿の話だけでは相手を殺したかわからないが、ただ弟を助けた人徳を評価された植木屋というだけで桜吹雪の羽織を着て江戸を闊歩することはない気がする。檜打藩の中枢で暗躍したのでは。改めて、朝槿を討つには勘解由にばれないよう工夫を凝らす必要があると、紺之介は密かに身がまえた。

「医者の家に生まれるよりよほど恵まれているではないか。お前がおれの何に引け目を感じると言うのだ」

牛尾は大いに鼻白んでいた。

「弟思いの立派な兄上ではないか」

「うん。兄者の才覚とご家老様の慧眼と強運のおかげで、おれが天才なだけじゃ出島に行けてねえし江戸にも来てない」

「言ってろ」

洟垂れの香西朝三郎が一冊の本をきっかけに羽鳥永蜻（？）になって出島に行き、日暮里の香西朝槿に——この本でそこまで人生が変わっていたとは。

「でも時々思うんだ。あのとき兄者が一両を取ってうまいもんでも食ってたら、おれは今頃冴えねえ学のない陰間上がりで、和さんに身請けされて店でもやってたのかな」

朝槿のその言葉で空気が凍った。

「兄上に助けられたのに、なぜ素直に感謝できんのだお前は」

牛尾は自分が非難されたようにうろたえていた。この中で長男は彼だけだ。

名指しでひどいことを言われた和斉の方がわかっていて、

「瀬戸内まで身請けには行けないよ」

少し寂しそうにそう言った。

——紺之介にはうっすらわかる。

末っ子に鎮守のほこらに小便しろと命じ、頭に花を差して女郎の真似をさせていたやりたい放題の暴君の長兄が、ご家老様から「弟思い」と望外の褒め言葉をいただいた途端に優しくなった。

優しくなったと言ってもどこか的外れ。

末っ子はなぜあのとき自分で走って逃げなかったのか、いつまでも悔いが残る——

「——少年、学問てな病に苦しむ民草を救うもんじゃねえよ」

朝槿が出し抜けにそうつぶやいた。

「他人なんか救えない。薬は、効いたところでそいつの生命力を助ける程度で、病が消えてなくなるようなもんじゃねえ」

「ならば立身出世の道具でござるか」

だとすれば紺之介は朝槿を軽蔑する。

「違う。なりたいものになるための道具だ」

「同じではないか」

「全然違う。公方様、殿様、公家、商人、医者、足軽、金持ちも貧乏人も全ての人を等しくつなぐのが学問だ。今は何となく始めるきっかけがくじ運みたいになってるだけで、あらゆる人が学問を踏み台にして何かになるのが理想だと思ってる。蒹葭堂が上方を学問で束ねたように」

その言葉には虚を突かれ、返事ができなかった。

——公方様も足軽も等しくなんてそんな——そんな大それたことは茶屋で気軽に話していいようなことでは——

背中が冷えた。

この男をさっき殺さなかったのは、大いなる過ちだったのでは。

ちょっとものを知っているだけで、公方様や殿様を下に見るような輩が出てきていいはずがない。

身分が絶対でなくなったら世が乱れる。下克上の戦国時代に戻ってしまう。ただでさえ金持ちというだけで武家を見下す商人が幅を利かせて政情には不安があるのに。

学問は秩序を守るためにあるのではないのか。

今、紺之介が座している姿勢から素早く立ち上がって刀を抜いて——この男はずぶの素人だからやってできないことはないが、牛尾はどう動く——武術の技がなくても大きな体格で割り込まれるだけで手間が増える——

紺之介が何も言えない間も、朝槿は喋り続ける。

「寺子屋じゃ足りねえ。誰でも漢語や蘭語が読めて、蘭山くらいの教えは修してるのが当たり前の世の中になるべきだよ」

「お、お前、何を言うのだ」

牛尾も戸惑ったらしい。蒲鉾を取っていた箸が止まった。

「その辺の町人が使いもしない漢語や蘭語を修しても負担になるばかりだ。皆がお前のようになれるわけではない。そもそも和語の読み書きができなくても真っ当に働いている者は山ほどいる。独りよがりだ」

「言いわけだ！　無学者は一生無学者のまんま、何も考えずに決まった仕事しててくれるのがありがたいんだろ。大工は大工で魚屋は魚屋、うまくいかなかったら子を女郎か陰間に売って！」

「お前のことは同門の朋輩だと思っていたが、一度くらい舌禍でしょっ引かれて痛い目を見た方がお前自身のためなのではないか……勢いで世相まで斬るな。こんなのが学者の代表だと思われたら困る」

呆れながら忠告してくれる牛尾は友人思いで親切なことである。忠告なしでいきなり捕縛してもいい。ここに十手持ちもいる。小伝馬町の牢で三日も頭を冷やして、香西勘解由に助けられて自分の本分を弁えればいいのではないか。

「さっき店で朝鮮人参がどうとかいろいろ言ってた話は口から出任せ？　そのわりには詳しかったけど」

と和斉が話を逸らした。あるいは元に戻した。彼は牛尾より遥かに冷静だった。

「あれは三割くらいしか本当じゃない。ええと、どこまで喋った」

「香西朝三郎少年、御典医・羽鳥様の養子になって出島に行く」

「そうそう。おれは国許じゃ『朝顔明鑑鈔』の上の巻しか持ってなかったから十六で出島に行ってやっと上中下の三巻一具のを買った。出島で日の本の本を買うなんて間抜けな話だぜ」

そして朝槿はまんまと元の話に戻った。舌禍でしょっ引かれても損だと気づいたのかもしれない。

「でも出島じゃ誰も三村森軒のこと知らなくて、尾張の学者止まりだった。出島にゃ日の本中から学者が来てたってのに、狐につままれたみてえだった」

「おれも知らんぞ。誰だ」

「えっ、牛さんも知らないの。この本の作者」

和斉が驚きの声を上げた。蒹葭堂のことはあんなに知っていたのに――

これで朝槿は「知っとけ！」と怒るかと思えばそうでもない。

「まあ仕方ねえから、尾張行って聞いてみっかって、十九で出島から江戸に行くときについでで尾張行きの船に乗ったんだよ。それで何もわからなかったらおれもどうしようかと思ったけど、師匠の知り合いで家に泊めてくれた学者のおっさんに聞いたら、すげえ喜んで墓参りに連れてかれて、あれも読めこれも読めって続々と資料が出てきた。知る人ぞ知る地元の英雄だった」

この学者も蘭山の直弟子だったらしい。

朝槿いわく〝尾張本草学派〟とは〝尾張の本草学者〟という意味で特に秘伝の教えがあるというわけではない。その学者は朝槿を弟子にしたと思っているから、香西朝槿は名誉尾張本草学派で出身が瀬戸内でも尾張が第二の故郷――香西家の三兄弟は皆、こんな調子で〝第二の故郷〟が各地にあるらしい。こうでもしないと地方の学者と交流できないなどと言いわけまでした。当然、最後の一人などではない。

「尾張人、本当に〝尾張の本草学者は神君家康公の御為、神前にお供えすべく仙丹を〟って言うんだぜ。すげえの。成り行きで学問してた瀬戸内の少年にはついてけねえわ」

朝槿は正座で背筋を伸ばすと、講釈師のように畳んだ扇をかまえて畳を叩いた。

「〝時に享保二十年。八代将軍吉宗公の御世、尾張藩に朝鮮人参の種が下され、これを育てよとのご下命があった。本草学をもって政を立て直さんとする吉宗公は、万病の薬種である朝鮮人参を日の本で栽培して病苦にあえぐ民草を救い、またこれを諸外国に売れば国庫が潤うとお考えであった――〟」

低めた声は尾張の学者の真似だったのだろうか。似ているのかどうなのかもわからないが。享保二十年は今から九十年ほど前だ。

「〝さて徳川御三家のひとつを主といただく尾張藩にもこの大任が。務めるは『神農本草経』を修めた和漢薬石の観賞家、村瀬改め三村森軒幸八陳富。日の本で初めての朝鮮人参栽培に挑み、実に九年の歳月をかけてついにこれを成し遂げ、吉宗公より格別のお褒めのお言葉を賜った。これを受けて藩主・宗勝公は三村森軒に知行取百五十石を下す。これぞ尾張の誉れなりや――〟」

聞いた後で牛尾が泡を喰っていた。

「よ、吉宗公にお褒めの言葉を⁉」

「そこは本当なんだ⁉」

「本草学者が知行取百五十石とはにわかには信じられんぞ。なぜ世に知られていない」

牛尾はここまで弁当を食べながらだったのが、箸も弁当箱も畳に置いて居住まいを正した。

「うん、まあ、その、知行取百五十石は紺之介が聞いても立派なお殿様だ。いろいろと裏事情があって」

語り手の朝槿の方は打って変わって冷めたものだった。気まずそうですらあった。

「朝鮮人参の試験栽培は吉宗公の施策で、一斉に全国の本草学者やら豪農やらに種が配られて、せーので始まったんだよ。薬草に詳しいやつ、野菜に詳しいやつ、畑作りに一家言あるやつ、腕に覚えのあるやつなら誰でも。最終目的は外貨を獲得できる薬種としての国産朝鮮人参の収穫、手段は選ばず。——本草学の黄金時代だよ」

出島から舶来品を輸入するばかりでは国内の金銀が流出するばかり、日の本から国外に売るものもなければ釣り合いが取れない。

しかし聞いていて、物語や神話のようだ。

まるで戦国の世に武将や足軽が槍を取って功を争うように、書と鋤鍬を手にした本草学者と農夫が各地で競い合った時代が、つい百年前に——

「結局、異国と商売できるほど朝鮮人参の数が出揃ったのは二十年後の田沼意次の時代。その頃にはもう吉宗公も三村森軒も隠居して老いぼれて死んでたって話だ。田村藍水は栽培が始まった当初は二十そこそこの若造だったのが、ご公儀が商売に乗り出す頃に熟して貫禄のある本草学者になってて朝鮮人参にも詳しい。でかい仕事させるのに丁度よかった。そもそも尾張藩は吉宗公に朝鮮人参の現物と一緒に、栽培法をまとめた書を献上してる。それを誰が使ったなんて話で恨むの筋違いだろうが」

朝槿は当たり前のことを言った。

「さっきのは肝心のおれが蘭山門下です、じゃ締まらねえから、頑張ってでっち上げた蘭山や蒹葭堂より前の世代のイチャモン。誰が先に思いついただの学問の恨みだの、いつまでも死人のためにぐちぐち言ってたら困るのは今を生きてる学者なんだってば。誰の縁者が嫌いだとか言ってちゃ学問は停滞しちまう。ましてや半可通の部外者にしゃしゃり出てこられたんじゃ。本人が危ない目に遭うだけじゃねえ。こっちの商売に障る」

亡霊対亡霊——より古い学者の話ができる方が勝ち。不毛な戦いだった。

「でも三村森軒が日の本で一番早く成し遂げて!?」

「あのな。朝鮮人参って根っこを太く育てるのに最低で八年かかる。五、六年くらいで見込みつけて前倒しで報告する短気なやつもいただろうから、九年かかってる時点で一番早くはねえ他のやつもできてた」

「でも吉宗公からお褒めの言葉を賜ったんだろう!?」

「並みや大抵のことではないぞ!」

和斉も牛尾も食いついたが、朝槿の返事は軽い。

「そう、並みや大抵のことじゃねえ。だが裏があって——ここからは江戸に来てから兄者と一緒に調べたんだけど」

朝槿は急に声を低めた。

「吉宗公の頃の尾張藩って最悪だったんだよ。吉宗公は徳川将軍家直系じゃなくて御三家紀州(きしゅう)の出だから、御三家尾張の宗春(むねはる)がムキになったのか何かことあるごとに盾突いてご下命と全部逆のことをやって?」

どこかで耳にしたことがある。吉宗公が数々の改革をした、そのことごとくに反する尾張藩は財政が傾き、ついには家臣たちで藩主を隠居に追い込むという前代未聞の騒ぎになったという――

「尾張じゃ今も宗春は罪人扱いで、墓に金網がかかってる――丁度、藩主が交代した頃に朝鮮人参栽培の話が来たから家臣と新藩主、皆で必死で藩を挙げて吉宗公に腹見せて〝あいつはクビにしました、もう逆らいません〟って媚びへつらった。それで尾張藩が何したって、三代家光公のご息女・千代姫が御輿入れしたときに〝御心を慰めるため〟に作った自慢の花畑にいただいた朝鮮人参の種を植えて、夜も足軽に見張らせて嵐が来たら周りに囲い建てて、硫黄で土竜追い払ったりして必死こいて九年、〝人参様〟をお育てした。何としてでも人参栽培を成し遂げなきゃいけねえ、と音頭取るのもその辺の農夫じゃねえ、『神農本草経』を究めた学者ときたもんだ。極端から極端だ」

「神農などおとぎ話だ」

牛尾によると神農はいにしえの唐の薬種の神らしい。

「まあ『本草綱目』や『大和本草』読んで勉強しました、ってんじゃ平凡だから、ハッタリなんだろうな。――そんなに必死にされたら吉宗公も〝大儀である〟くらい言うだろ。相手は徳川御三家尾張藩だぜ。そんなことよりもっと早く命令聞けと思ってもグッと呑み込んで大人の態度取るだろ、名君なんだから」

「〝お褒めの言葉〟って吉宗公の方が空気を読んだ、それだけの話なの？」

「それだけの話じゃ済まねえ。吉宗公からお褒めの言葉を賜ったからには尾張藩も学者に知行取百五十石を取らせるくらいしなきゃいけねえ。——が、三村森軒先生、この頃に隠居しちまったから他にちょっと褒美の金子もらっただけで、この知行取百五十石は実際にはもらってないんだなあ。年貢米の収穫前に辞めちまってる」

「そ、そんなことがあるのでござるか」

無関係の紺之介すら梯子を外されたような気分だ。

「森軒先生が五十過ぎで病で隠居の頃合いだった、藩の財政を思って奥ゆかしく身を引いたとか言うけど、おれが思うに尾張藩の見栄でハナからそういう段取りで数字だけ盛ってたんだろ。出来試合だよ。何から何まで尾張藩内の自作自演。尾張藩の方が茶番に吉宗公を巻き込んで忖度させて、勝手に〝これでもう遺恨はない！〟とか言ってた。森軒先生はその小道具で、てめえなりに藩のために尽くした、それだけ」

朝槿は血のついた本を取り上げた。

「今、誰も三村森軒先生を知らねえのはお前らが物知らずだからじゃねえの。それが正当な評価なんだよ。朝顔の本を書いた平凡な本草学者」

「平凡な？」

「残念ながら。吉宗公が本草学の黄金時代をやってたときに、大袈裟で見栄っ張りの尾張藩は無理な箔つけてとんでもねえ英雄の本草学者がいたフリしてた。大国尾張の誉れとか言って実のところは金ピカの衣装着せた浄瑠璃人形。それが三村森軒だった。時間が経ったら忘れ去られて、残ったのは朝顔の本――」

皮肉なものだ。虚栄は朝に咲いて夕には萎れる花のように儚い――

「まあ本気で信じてる尾張のおっさんには言いにくい結末だが。調べすぎて味噌がついた、尾張名護屋だけに」

それも八丁味噌が。どっとはらい。

「大好きで尊敬して追いかけてたはずなのに、なあ。――でも英雄でなくても神農本草経読んでなくても、この本を書いて木曾に採薬に行って、地道にコツコツ学問してたんだ。木曾の薬草、御薬園の覚え書き。すげえ手柄でなくても記録はたくさんあったし、何より話してるおっさんが楽しそうでよ。尊敬に値する人ってそういうもんじゃねえか？　ちょっとガッカリはしたけどさ。尾張に行ってよかったよ」

朝槿の言葉には珍しく毒がなかった。

その本は彼の人生を変えたきっかけの一つ。人を殺した呪いなんてわけのわからない難癖をつけられたら庇って救いに行くくらいに、今も憧れている。

――彼は最初から本だけが大事だったのだ。自分で言っていたように。

本には先人の生き様、死に様の全てが詰まっている。

「――それでお前は、尾張藩で家に泊めて親切にしてくれた学者よりも、その本の作者の方を尊敬するのか？」

「おう、死人はうるさく言ってこねえから心の師匠と仰ぐのに丁度いいんだ。銭もくれない代わり嫁を取れとも言わねえ。本に書いてあることだけだ」

いたずらっぽく笑うのは、照れ隠しなのだろうか。

「その三村森軒という学者、武家の出でござるか。尾張藩の学者身分はいかなるものか」

紺之介は何となく尋ねた。単に世間における学者の扱いを知らない。

「ええと、〞人参御用〞になるまでは普請で寄合で奥番」

朝槿のその答えを聞いて息を呑んだ。

「——〞奥番〞とは藩主が休む〞奥〞を守護するお役目。藩主からじかにお声がかかることもあり、武家として軽い身分ではないが」

「そうなの？　おれ、成り上がりだから詳しくねえ」

大国尾張のお殿様と口を利ける者など武家でもそうそうはいない。藩主がくつろぐ〞奥〞への出入りが許される者は限られている。

「〞寄合〞は幕臣ならば、かなりの大身旗本でござるぞ。藩によって違うのだろうが、尾張藩は徳川御三家のひとつを主といただくのだから江戸同様に〞寄合〞は中堅の武家で藩主にお目見えが叶い——知行取百五十石を断っても惜しくないほど元々の家禄や役料をいただいていたのでは？」

紺之介が言うと、朝槿は目を瞬かせていた。考えたことがなかったらしい。

「千代姫様のお花畑とは、藩命の下ったお偉い学者とその付き人しか出入りできない特別な場所ではござらぬか？」

「……おれも朝鮮人参畑には入れてもらえなかったな。今は御薬園って名で」

「吉宗公は尾張藩が藩主のそば近く仕える側近を出してきたから、お言葉を賜ったのではござらぬか。元々、森軒が偉いから褒められただけ」

紺之介以上に和斉が難しい顔をしていた。彼は少し青ざめてもいた。

「……その話、今はもう宗春がとっくに失脚して死んでるから大声で言ってるだけで、田村藍水が若造の頃には人聞きの悪い尾張藩の内情なんて外にいる人にはわからなかったんじゃないのか？」

「ん？」

きょとんとする朝槿に、和斉はまくし立てる。

「吉宗公の御世の尾張藩は、本草学に理解がある太っ腹な織田信長みたいな名君がいるふりをしてたんじゃないか！　朝さんは嘘だとわかってても、田村藍水は自分の専門の朝鮮人参で先達がめざましい大出世を遂げた話を耳にして、真に受けただろう。二十やそこらの青二才は鴨の子みたいに初めて見たものに心酔して一生追いかける——田村藍水にとっても学問の成功者とは尾張の三村森軒」

——田村藍水も「心の師匠がいるとしたら誰か」と問われたら「三村森軒」と答えたのではないか。

平賀源内の師匠がまだ若い頃、本草学は今とは違う黄金の輝きで彩られていた——舶来品をありがたがるだけではない、新しいものを生み出して諸外国に流出した外貨を取り返すための野心ある学問だった。

そこで一際輝いていたのが、大国尾張藩――

「四国高松藩の松平頼恭に薄給でこき使われるのが嫌になった平賀源内を、田村藍水がたきつけたんじゃないのか。世の中もっと気前のいい殿様がいて、功を成せば成り上がって知行取百五十石も夢じゃないって！」

同じく徳川の末裔でも高松松平家は傍流の傍流。御三家尾張徳川家くらいの権威と格式があれば――

まさかうわべだけの金鍍金だとは夢にも思わない。

めざましい手柄を上げて身分を超えた大出世を遂げた人など始めからどこにもいなかった。三村森軒は功を成した英雄ではなく最初から上流の武家だった。

この百年で本草学の新たな旋風がいくつも巻き起こって皆もう忘れてしまったが、かつて尾張藩が吹いた大法螺にまんまと騙された人がこの世に二人いた。

この本は、その証。

「晩年の源内にはその本を読んで泣く理由があったじゃないか！　ついに憧れの三村森軒にはなれなかった！」

朝槿は首を傾げて聞いていたが、突然『朝顔明鑑鈔』を持つ腕に鳥肌が立った。

本についた血の染みに大した意味はなく、呪いなどはこの世にない。それが正しいのだろう。ほとんどの人にとっては。

書いてあることだけ読めばただの朝顔の本だが、作者の素性と捺(お)された蔵書印の名から、全く別の物語が浮かび上がる。

それは最初、田村藍水が好意で弟子の平賀源内の心に植えた希望の種のはずだった。芽吹いたものは常に源内の耳許(みみもと)でささやいて心を焦らせた。

——お上に評価され、成り上がれるような手柄とはこんなものではない、これでは朝鮮人参には敵(かな)わない、もっと他にいい考えがあるのではないか——

落ち着かずに走り回り空回りする間に、かつて師の説いた〝学者の功〟とは全然違うものが世間にはびこる。

小野蘭山の弟子の中でも出来の悪い者たち、数百人の言葉の礫(つぶて)が飛び交い、仲間でないものを襲って打ちのめす。人を殺すほどの力になる。

災禍から身を守るには商人の木村蒹葭堂が作った群れの陰に隠れるくらいしかすべはなかったが、それもまた〝学者の功〟からほど遠い。

本には無念の思いが書き込まれた。

——本草学は病に苦しむ民草を救い、価値ある薬種を売って国を富ませ、公方(くぼう)様にもお褒めの言葉をいただいてこそ。

この本の作者のように。

——功を成せなければお前も、非業の最期を遂げることになる。

この本の前の主のように。

大抵の者にとってはそれも悲しい話、世知辛い、で終わる。

だが平賀源内と同じく四国の下級武士の生まれ、故郷を飛び出して出島で学び、蘭学と本草学で身を立てようという者には。

己の栄えある将来を信じて疑わない本草学者にとっては他人事では済まされない。

目を背けたくなるような挫折は、いつか自分がたどるかもしれない末路だ。

今、この本に宿った〝平賀源内の呪い〟が香西朝槿を捕らえた。

それは朝槿が五十を過ぎる頃に問いかけるだろう。

年老いて心身が盤石でなくなる頃に。若いひらめきや自信を失う頃に。

煙管を吸う男の肖像がささやきかけてくる。

――お前は学問の道を選んで、この本の作者ほど実りある人生を送ったか。

――お前はわしとは違うと胸を張って生きられるひとかどの者になったか。

第三話　最後の夢

――まさかこんなことになるなんて。

紺之介の眼前には井戸水を汲み上げるものより大きなやぐらがあり、筋肉隆々の男たちが威勢よく掛け声を上げて綱を引いていた。異様な光景だった。後ろの方で朝槿や和斉も形ばかり引く真似をしている。一応、紺之介も手伝おうかと尋ねたのだが断られた。

綱はやぐらの滑車を通って褐色の大きなものを吊り上げている。

それは楕円形の――甕棺だ。下半分が素焼きで上半分にだけ釉薬がかかっている。

中に入っているのは、五十年前の本草学者の木乃伊――理屈の上では亡骸は朽ちることなく完璧に保管されているという。

朝槿たちは師匠筋が故人の縁者とのことで本人の意を汲んで、一門を引き連れて練馬の果てまでその結果を確かめに来た。庄屋の立ち会いのもと、墓を暴いてまで。

果たして五十年前の亡骸は、本草学の技でその姿を保っているのか。

甕棺の中にあるのは永遠の命を得た賢者の勇姿か、あるいはただの珍品か。

人ならば誰しも逃れ得ぬ生老病死の宿命へのせめてもの抵抗なのか。

傲慢極まる学者の浅知恵か。

しかもそれは後からして思えば、本草学の一面に過ぎなかった。本草学はもっと暗く救いがたい闇に続いていた。

一

紺之介も最初から練馬に木乃伊を掘りに行くつもりなどなかった。紺之介は万策尽き果てて日暮里に行くしかなくなっただけだった。

夜半、灯りもない中、月光だけを頼りに畦道を走った。花蜜の甘い匂いが漂っていた。昼に見るとこの辺は一面の蓮華畑だ。

赤紫の花がいっぱいに咲いているのに鋤をかけて他の作物を植えるらしい。〝やはり野に置け蓮華草〟と言うがそもそも蓮華は日の本の草ではない。土を肥やすために唐から種を買い入れてわざわざ植えるのだそうだ。

花にも花魁、太夫から散茶まで格があって蓮華は下の方。どんなに綺麗でも他の花の踏み台――不実な植木屋たちはまるで忘八の楼主が花魁を売るように花を売る。

蓮華を鋤いた後、やはり朝顔を植えるのだろうか。一日で咲いて散る花のために。より美しいもののために。

花が好きな男などろくなものではない。

詮ないことを考えて水車の家にたどり着いた。玄関の戸を叩くとおりつが顔を出し、はっと口を押さえた。

「紺之介さん、顔！」

それはひどい有様のはずだ。紺之介は鏡を見ていないが、左目が腫れ上がって開かない。化け物のような形相だろう。顔中が痛くていっそ首を討ってほしいくらいだ。こんなことで晒し首になったのではあまりに先祖への不孝が過ぎるが。

「お医者の先生に診てもらいたい。もう休んでござるか」

朝槿はまだ就寝してはいなかった。例によって座敷で和斉と酒を飲んでいたらしく、ほんのり赤い顔をしていたのが、紺之介を一目見て目が据わった。

「おりつ、十薬を採ってこい。東側の畑の踏むと臭いやつだ。籠にありったけ。和さんは蠟燭に火を点けて、水差しに水を汲んで。暗いとわけがわからねえ、蠟燭五本はほしいな。やりがいある顔しやがって、おれは今後一生おめえの顔ぉ元に戻す手伝いばっかりか」

そうして紺之介は座らされて燭台で顔を照らされた。どこにあったのか銅の燭台に蠟燭をたくさん立てて照らされると改めて恥ずかしい。

「派手にやられたなあ。目ん玉は大丈夫か？　物が二重に見えたりしてねえか？　頑張って開けて見てみろ」

まぶたが腫れて目が開かないので、朝槿に指でこじ開けられた。立てた指は二本に見えた。

「耳ん中で変な音がするとか頭がぐらぐらするとか。耳の穴を塞いでも聞こえるのは耳鳴りだぞ。吐き気は？」

いろいろ聞かれながら顔をまさぐられた。あちこちずきずき痛くて脈打ったが、骨は折れていないらしい。

「頑丈なやつだな、骨も歯も無事なのは運がいい」

「一体誰にやられたんだ」

息を巻く和斉を押しとどめて、朝槿は座敷の襖を開け放ち、燭台を持って次の間の端に行く。

「そこからここまで歩いてみろ。和さん、そいつに蠟燭一本持たせてやって」

傷は顔なのに、紺之介は燭台を持たされて歩かされた。視界や身体の傾きでも確かめるのだろうか。よくわからないまま紺之介が歩くのを朝槿はじっと見ていた。

「歩き方はいつも通り、足を引きずったりはなし、か。腰から下は何ともねえのかな」

歩き終えたところにそんなことを言われて、紺之介は顔から血が出そうに恥ずかしかった――血も多少は出ている、唇などから。

「か、顔だけでござる。他に怪我はない」

「おめえでなくても女は身体を見せたがらねえ。知ってる。医者どころじゃなくて自害しちまう」

朝槿は諦めたように息をついた。

「手当てすりゃ治る傷で女ばっか我慢して死んでくのも、いい加減馬鹿らしいぜ。おれは助平じゃないんだから具合悪かったら後からでも言えよ。死んだら損だぞ」

「顔だけでござる。他はない、断じて」

「まあ今はそういうことにしておいてやるよ」

朝槿は座敷に戻ると、枕と盥(たらい)を並べた。

「横になれ」

「顔の傷だ、座したままでも手当てできるでござろう」

寝転がるのは隙を見せることだと思った。座していても立ち上がって刀を抜けるが、寝転がるには大小を手放さなければならない。

「薬に具が多いから、おめえがそのまんま直立不動じゃ全部落っこちちまうんだよ。ここまで来て信用できないなんて言うなよ。医者として頼られたからにゃおめえが親の仇(かたき)でも傷縫って薬つけて世話してやるよ。治ってから改めて仇討(あだう)ちするからよ。枕のこっちに耳つけて横向いて寝そべれ」

――医者に弱みを見せたくないなんて、わがままなのか。観念して紺之介は大小を畳に置き、枕に耳をつけて寝転がった。

目をつむっていると水差しで顔に水をかけられた。盥に水が落ちるようになっていて、血や泥を洗い流しているらしい。思ったほど沁(し)みない。

「……この傷の大きささなら縫わなくていいか」

口の中まで覗(のぞ)かれた。

一通り水で洗われて一度布で拭い、次に焼酎をかけられたが、こちらはとんでもなく沁みて悲鳴が洩れかけた。

朝槿はおりつが籠に採ってきた薬草をすり鉢で擂り、干した薬草や薬酒を混ぜて〝具の多い薬〟にする。椿象みたいに臭いのに閉口する。顔に載せると思うと憂鬱だ。

「医者は薬研を使うのかと思っていた」

「粉にするなら薬研だがこれはすり鉢だな。量も多いし。二、三日は腫れが続く。その間、二目と見られないご面相、薬塗って晒し巻いて隠しとけ。この辺でも喧嘩傷で医者に駆け込んでくるやつぁ多いから慣れたもんよ」

傷を洗う間、和斉は朝槿の指示で蠟燭を持ったり手拭いを持ってきたり手伝っていたが、薬を調合し始めるとすり鉢を押さえるだけで手持ち無沙汰になったのか、寝転がっている紺之介に話しかけた。

「娘さんの顔をこんな、ひどい。一体どこの誰にされたんだ」

──親切で心配してくれているのだろうが、少しお節介が過ぎる。

「和さん、相手を捕らえてほしいならおれたちじゃなくて兄上に言うぜ。同心の贔屓の医者もいるだろうに、わざわざ夜中にうちに来たの察しろよ」

朝槿はすりこぎでせっせと薬草を擂り潰しながらぼやいた。

「朝さんは娘さんがこんな目に遭って何とも思わないのか？」

「おれぁ常に天下泰平と万民の安寧を願ってるよ。真面目に説教しただけ客が減るのが医者って商売だ。大抵の病人はおれみたいな青二才に酒を飲むな青菜を食えなんて当たり前のこと言われたかねえ、黙って逃げちまうのがオチだ」

「怪我人の機嫌を取る方が正しいって言うのか？」

「たまにはそうだ」

彼は飄々としたものだった。

「四角い角ぶつけた痕があったぜ。箪笥か文机みたいな家具。道端で闇討ちされたんじゃなくてどっか家ん中だ。癇性のおっ母さんにでも折檻されたか？　兄上はおめえに仕置きするのに道具で顔殴ったりしねえだろ。堂々たる男が女を殴ったら恥だ、わからねえように着物で隠れる背中や尻をぶつ」

——見抜かれている。

紺之介は歯を食い縛って傷が痛むふりをした。

川を挟んで敵と対峙する場合、全ての橋を落として道をなくしてしまうのは下策である。敵がどうやって渡河するか予想がつかなくなる。泳ぐかもしれないし上流の歩いて渡れるところまで迂回するかもしれない。

戦巧者は自分が迎え討つのに一番都合のいい橋だけを残す。狭くて横合いから鉄砲で狙うのに丁度いい橋を。橋があれば敵はわざわざ川を泳いで渡ったりしない。

一流の軍師は言うことを聞かないはずの相手を思い通りに動かす。

「——そうだ、拙者はこんななりだから母上に嫌われている。女らしくせよといつもそればかりでござる」

紺之介は朝槿の残した橋を渡って、母を悪者にするしかなかった。

「——お母さんが。そうなのか」

和斉は真に受けて気勢を削がれたようだった。——母に嫌われているのは事実だ。紺之介が縁談を渋ったせいで、母の気に入りの女らしいおしとやかな妹を先に嫁に出すことになったので。

「兄上に言いつけるのも家にいるのも気まずい。しばらくおりつ殿の家にでも泊めてもらえぬだろうか」

「この家に泊まったらどうだ。おれたち野暮用で明日から練馬の端っこに行くんだ。大根畑のド真ん中。そう遠くないが通うのが面倒だから三、四日そっちに泊まる。おめえがこの家使うか、いっそ一緒に練馬に行くか」

選択肢はなかった。

「拙者も練馬に行く」

冷静に考えればなるべく遠くに逃げ隠れした方がよかった。万が一、こんな顔でいるのを兄に見つかったら、朝槿や和斉に濡れ衣を着せてしまう。

「しかし、大根畑しかないところに何をしに行くのでござるか。採薬という? 山野に分け入って野宿は流石に勘弁でござる」

「いや、庄屋ん家に泊めてもらう話がついてる。人里だ。採薬じゃねえ」

少しほっとした。山犬や熊は武家が戦う相手ではない。

「では大根を研究するのでござるか？」

人参を命懸けで研究する者がいるのなら、大根にも命懸けで究めるに値する何かがあるのか——

朝槿はこれから紺之介の顔に巻く細長い晒し布を手ににやりと笑った。

「——研究するのは木乃伊だ」

二

——いわく、木乃伊の名は龍田白泉。さる藩の御典医で、隠居して練馬で晴耕雨読、悠々自適の暮らしを送っていた。

が、しばらくして糟糠の妻を亡くし、埋葬した。そのときに大層悲嘆したそうだ。

以来、龍田白泉は〝日の本で完全なる木乃伊を作る研究〟に没頭した。

それから五年後に己が老いて死ぬ際、その技を自らに施し、埋葬された。

〝五十年後に掘り起こして後学の参考にせよ〟

との遺言を残して——

「その五十年後が来たってわけだ。生きてた頃の本人と会ってて葬式にも出たうちの師匠の親父が調べる音頭を取ることになった。師匠の親父も当時二十のぺーぺーだったのがもう七十のヨイヨイだから、師匠が仕切るんだけど」

朝槿は話しながら、仰向けになった紺之介の顔に擂った薬を竹ベラでペタペタと載せた。冷やっこい。土壁になったようだ。

「――ああ、八丁堀の兄上に余計なこと言うなよ。罪人以外の腑分けは滅多なことじゃ許しが下りねえ。五十年前の仏さんがてめえでいいって言ってる、とうに成仏してても誰の迷惑でもない。こっそりパパッとやっちまうから」

「兄上には言わぬ。どのみち、この顔で家にはおれぬ」

五十年も経っていて祟るようなら、菩提寺の供養に問題があるのだと思う。

紺之介に反対する理由はない。――ただひたすら、不思議なだけで。

「ええと……人の亡骸を木乃伊にするとどんなよいことがあるのでござろうか。ご妻女の亡骸を木乃伊にして眺めたかったというならわかるが、もはやその学者殿、子孫もおらず、朝槿殿の師匠の父親しか掘り出すような縁者がいない？」

「亡きご妻女から思いついたんだろ、人を木乃伊にする方法。思いついたらやってみてえのが人情ってもんじゃねえか。よその子を攫ってやったんじゃねえんだ。てめえの身体でやるとは立派なことじゃねえか」

朝槿は薬の上に切った半紙を置き、晒し布でぐるぐる巻きにする。

「日の本じゃ出島の和蘭陀船からすごい量の木乃伊を買ってるんだぜ！　上物はエジプトとかいう異国の大昔の貴人の屍で、職人が丁寧に脳やはらわた抜いてお高い香料と塩湖の塩（ナトロン）で漬け込んで水気を抜いて乾燥させて、麻布巻いて弔って何百年も経ったのだ。朽ちた布がついてて軽くて潤いがある〝古手〟」

　何やら嬉しそうに早口で語りながら。

「その辺の行き倒れを砂漠の熱砂に埋めて丸ごと干物にしただけのは〝新渡り〟っつって木乃伊としては三級品。大名は金に飽かせて舶来の古手木乃伊を買いまくって、滋養強壮に削って粉にして飲んでる。かの吉宗公も買った！」

――木乃伊は町の薬屋でも売っているが、大抵が新渡り、悪いのは人ですらない馬肉の干物だとか何とか。

いにしえの昔から日の本には人肉薬というものがある。赤子の生き肝や手が万病に効くと言われてきたことは紺之介も知っている。江戸でも首切り役人・山田浅右衛門が罪人の臓腑から作った薬を売っていた。

「単なる人間の干物の薬効は大槻玄沢が『六物新誌』に書いてる。主に止血作用があって肺からの喀血や女の血の道に効く。が、やっぱりお殿様は回春とか寿命が延びるとか期待しちまうんだよなあ。そういうので一番すげえのが唐の〝蜜人〟――高丘親王って知ってる？」

「知らぬ」

「天方国（アラビア）の功徳ある老いた高僧が飲食を断って捨身し、蜜のみを口にしていると、一月ほどで身体のありとあらゆる穴からありがたい黄金の蜜が滴るようになる。そのまま飢え死にするのを、蜜で満たした石棺に納めて百年弔った後に開けると屍が蜜に溶け込んで、一匙飲めばあらゆる傷を治す秘薬となる。『本草綱目』にも記載があるが〝真偽不明〟!」

何ではしゃいでいるのか。

「宗教系木乃伊といえば奥羽や越後の即身仏だよ! 高僧が捨身して功徳をもたらすのは苦行の定番」

紺之介の顔に晒し布を巻くのに、和斉が手で頭を持ち上げながら、こっちはこっちで極まったことをほざき出した。

「南は観音信仰の補陀落渡海、北は弥勒信仰あるいは薬師信仰の土中入定。戦国の世には熊野や土佐で補陀落渡海が流行ったが、天明の大飢饉以来、土中入定が熱い」

——何なんだ、命懸けの仏道修行に流行りとか熱いとか。

土中入定では年老いた僧が生臭だけでなく五穀、十穀を断って木の実や皮だけで過ごす〝木食〟の行を数年行う。そうして身体から脂気を抜いてはらわたを綺麗にし、生きながらに埋葬される。僧は土中の石棺の中で座禅を組んで鈴を鳴らして経を読み、地上では息抜きの管から中の様子を窺い、入滅を確かめて三年後に掘り起こす——

「うまくできてないときは漆の汁や柿渋を塗って干し直したり、蓬を燃やした煙で燻したり、舶来木乃伊みたいに腐りやすい臓腑の部分を抜いて木炭を詰める。厳格な儀式があると思いがちだけど、意外と融通が利くものさ」

和斉は常識人だと思っていたのに。紺之介は寝転がっているところに次々たわごとを聞かされると逃げ場がない。

「弥勒信仰では五十六億年後の弥勒菩薩の出現を待つために不滅の即身仏になる。薬師信仰では薬師如来の十二の誓願を果たすため、その身を捧げる」

いくら朽ちないようにしても、五十六億年も待つのは無理だろう。

「ええと、老いた高僧が信心のために捨身するのはわかる。飢饉は人知が及ばぬ災いで、鎮めるには神仏に祈願するしかあるまい。……練馬の学者はなにゆえに？　己が身を薬種にして？」

紺之介の疑問は一向に消えなかった。

「日の本じゃ古手を作る香料が手に入らねえし、風土が湿気て新渡りも難しい。骸から薬を作るのは山田浅右衛門の仕事だ。やりたかっただけ――学術的探究心ってやつだろ」

「いくら美女でも死んだら腐る、『古事記』にも書いてある。妻や妾の亡骸を美しいまま飾っておきたいというのは太古の昔から日の本の男の願いだった。『檀林皇后九相図』。『源氏物語』では〝蟬の抜け殻のように取っておけたら〟。『今昔物語』では――」

朝槿も和斉も紺之介の戸惑いを全く意に介さない。

「今、市中の艶本は屍姦物が流行りだ。歌川豊国がすごいのを描いた」

「和さんってお人好しの顔で変態だよな。何考えてんだか。おれは絶対長生きしよう。

心中はご法度で犬に喰(く)わせるってのに屍姦はいいって世の中どうなってんだよ」

本当にどうなっているのか。

「ちなみにエジプトとやらではなぜわざわざ貴人が木乃伊(ミイラ)に？」

「あちら、死んだ後の亡骸を取っとかねえと浄土での暮らしに差し障るとかで、専属の墓掘り職人が将軍やら大臣やら姫君やら死んだ端から脳とはらわたと抜いて木乃伊に仕立てて弔ってた」

「殿様が削って飲んだら大迷惑ではないか」

「本当だな！　まあもう何百年も経ってるから浄土にも飽きてるだろうよ」

——笑っている場合か。

「どうせ人間、一回は死ぬんだ。綺麗に出来てりゃ早死にしたお殿様の妾やら花魁(おいらん)やら木乃伊に仕立てろって仕事が来るかもしれねえぜ、調べたおれたちに。親切な先達がいるのはありがてえなあ！」

「お殿様を木乃伊にすることもあるかも。奥州藤原(ふじわら)には源平合戦の頃の武将の木乃伊がある」

「身を捨てて祈ったら神仏が願いを叶えてくれるってのもおとぎ話みてえで安直じゃねえか。真の功徳は誰にも理解されねえとこにあるんだよ、きっと。多分」

朝槿が仏道の何を知っているのか。

「てめえでその気になったんだから、先人に敬意を払いつつお相伴に与(あずか)るのが若いおれたちの務めだろ！　削って飲みゃしねえが、医術の発展の一環としてありがたく研究させていただく！」

なぜだか話せば話すほど理解や共感から遠ざかった。これは信心の差なのかそれ以外の哲学の問題なのか。

とはいえ、「家にいると母にぶたれるので朝槿たちとともに身を隠す」ことを選んだ紺之介に口を挟む義理はなかった。

顔をすっかり布で巻かれると巻き寿司になったような気分だった。薬の椿象のような臭いはすぐに慣れてしまった。一日一回塗り替えるそうだ。しばらく風呂は禁止、身体を水か湯で拭くだけで済ませること。

――どうにでもしてくれ。

三

各自、動きやすい裁付袴を穿いて、日暮里を発って東へ。駒込染井や巣鴨の花畑を冷やかして上練馬の外れ、石神井川沿いに歩いたところに乙部村はあった。大根は寒い時分に収穫するもので、今は夏向けの茄子や瓜を植え始めたばかり。本当に見渡す限り畑ばかりで宿もないので、村で一番大きいという庄屋の家の離れに泊めてもらう話になっていた。

庄屋は小池家といって苗字帯刀を許されたなかなかの豪農で、家は多少素朴な造りではあるものの瓦葺きの屋敷だった。ただし塀はなく、庭は竹を組んだ垣で囲っている。その離れは座敷と次の間に分かれていて、座敷には牛尾が待ちかまえていた。彼は紺之介に目を留め、たじろいだ。

「……すごいなりだが、そちらの御仁は」

「こないだ会ったろ、紺之介だよ。こいつドジッ子で階段から転げ落ちやがった。十薬は今日だけで、明日からもうちょっと臭いはマシになる」

「ほ、本当に階段から落ちただけなのか」

「器用にも顔から落ちた」

朝槿が誤魔化したが、どこまで信用されたか。

牛尾は床の間の前の座布団に座った小さな老人の世話をしていた。牛尾と比べると小さく見えるのか、元々小柄なのか、年を取ってどんどん背が縮んだのか、目の引っ込んだ丸禿げの老人だ――十徳を着て座布団の横に大小を置いているので恐らく医者だ。頭は禿げたのか剃ったのか。

こちらが朝槿の師匠の父、名医・徳井松順先生だと牛尾が紹介した――

「……何で大先生だけなんだ？　杉順先生は」

朝槿がいぶかった。

「廻船問屋のご隠居が急に倒れて、介抱しておられる。こたびは松順先生が取り仕切ることになった」

「何だよ杉順先生、生きてるじいさんよりこっち見に来いよ！」

彼はおかしなことを言って牛尾を締め上げた。死んでいる木乃伊は朝槿が丁寧に絵を描くことになった――絵心があるらしい。

牛尾と朝槿が目の前で揉めているのに、松順本人は起きているのか寝ているのかも判然としなかった。和斉が三つ指をついて久方ぶりの挨拶をしても、ちょっとうなずいただけだ。朝槿の付き人ということで、晒しを巻いて面相もわからない紺之介の姿にも動じない。これはこれで生き仏の一種なのでは。

他に細身の十五、六の少年が、挨拶しても知らんぷりで縁側に座って足をぶらぶらさせていた。小袖に袴で十徳も着ておらず、元服したての見習いの風情だが、無理矢理連れてこられたのだろうか。松順の曾孫で杉順の孫、嘉一郎というらしい。

改めて朝槿も正座でかしこまって師匠の父に挨拶したが、すぐに足を崩して足指のまめをさすり始めた。そんなに歩いていないのに。

「若先生以外も全然集まってねえな？」

「良玄は折悪しくぎっくり腰で寝込んでいる。〝よろしく伝えてくれ〟だそうだ。周庵殿は昨日、お仕えする若君がお風邪を召したとのことで病状が回復次第、駆けつける。順哲は来ると言っていたはずだが、まだ着かない。京斎はこたびは欠席だ。〝罪人でない人を腑分けすることはできない〟と。口止めはしてある」

「お堅いの」

朝槿は不満げに口を尖(とが)らせたが——やはり医者や学者でも納得していない者はいるのではないか。学問のためなら何でもやる連中ばかりではないと知って紺之介は少しほっとした——いやここにいるのはバッチリ学問のためなら何でもやる連中なのだが。

「どうせ順哲のやつ、臆病風(おくびょうかぜ)に吹かれて逃げたんだぜ。腑分けが嫌いだったし。良玄や周庵もどうだか。せめて堂々と嫌がってる京斎を見習え」

「そう言うな、亡骸(なきがら)を切り刻むのは気が乗らんやつもいる」

「死人で鍛錬しなくて生きてる人間を切ったり縫ったりできるかよ。生きてる人間を殺す鍛錬よりよほどまともだろうが」

「お前のそういう口の利き方は角が立つ。来ないものは致し方がない、始めるぞ」

牛尾は咳払(せきばら)いすると、嘉一郎を引っ張ってきて座らせ、自分も松順の隣に正座して説明し始めた。

「木乃伊となった龍田白泉先生は松順先生の師匠の朋友(ほうゆう)で、若かりし頃に松順先生も白泉先生の死に水を取り、埋葬に立ち会った。庄屋の小池家がこの件を代々言いつかっており、三代目の宗兵衛(そうべえ)殿が松順先生に文を寄越して、こたびの仕儀とあいなった。白泉先生が学問のため文字通り己の身を捧(ささ)げた志は、他ならぬ松順先生がご存知である。松順先生はご高齢で小刀を持つと御手が震えるので、我ら門弟で白泉先生を掘り出し、腑分けする」

松順は相変わらずぼーっと座っているだけだし、朝槿は頭をぼりぼり掻いている。嘉一郎は正座が嫌なのか足をむずむずさせていて真面目に聞いている様子ではなかったが、牛尾は続けた。

「心せよ。白泉先生は医術の発展のために天と二親から授かった身体を自ら献じたのだ。罪人の腑分けとは違う。墓を暴くのではなく、お志に沿うて調べさせていただくのだ。先達への敬意を忘れるな」

「罪人以外ももっと腑分けさせてくれりゃいいのになあ。卒中とか癌とか孕み女とか、何だかわかんねえうちにうっかり死んだやつ。その方が世の中よくなるぜ。罪人じゃ首切られて死んだやつばっかりで医学が発展しないだろうが」

朝槿がぼやいた――世の中のどこがよくなるのか。

「ともあれ、こちらが白泉先生とその弟子が書いた、こたびの術式の仔細だ」

牛尾が文箱から黄ばんだ紙束を出した途端、朝槿も和斉も前のめりになった。

「何だよ記録があるなら早く言えよ」

「それは命懸けの試みなのだから、記録しているとも」

「綴じた糸が朽ちたのか？　バラバラで読みづらいな」

学者どもが炒り豆に群がる鳩のように額を寄せて記録を読み始めた。唯一やる気のない嘉一郎は座ったまま後ずさって、学者どもの剣幕におののいていた。

「柿渋の防腐効果を期待して柿の種を飲んだらしい」

「柿の種？　甘柿、渋柿？　呑み込むにはでかいな。死んだ後で腹を割って胃の腑に詰め込んじゃ駄目なのか。生きてるうちにはらわたで柿の汁を吸って全身に血を巡らせるのかな。柿渋じゃ駄目なのか？」

「柿渋は渋柿の青い実を搾って……漆汁を飲むのと変わらん。のどが焼けただれる。柿渋よりは種の方が楽なのだろう」

「……柿渋より木食行より、柿の種の方が楽ってこと？」

「おいこれ続きじゃねえぞ、続きどれだ」

大層盛り上がっているのを眺めていても仕方がないので、紺之介は雑用でもすることにした。

とりあえず土間の脱ぎっ放しの履物の向きを揃える。やはり松順の下駄を上座に置いた方がよいのだろうか。牛尾の大きな下駄は一目でわかる。和斉の下駄は黒漆塗りで真四角で洒落ている。朝槿のは面白いくらいボロボロで、鼻緒をすげ替えるだけでなく、歯まで入れ直して使っている。これは物持ちがいいと言うよりは往生際が悪い——

「もうし」

目の前の引き戸が開いた。

「あれ、お武家様、そんなことあたしがしますよ」

戸を開けたのは梅鼠色の小袖に襷をかけた若い娘だ。目が澄んでいて小作りなかわいらしい顔をしている。細い身体が初々しい。

「いやあ、手持ち無沙汰なのでござる。これくらいやらせてくれ」

「そうですか？」

「拙者、医者でも学者でもない小使いで居場所がなくてな。昨日、粗忽をして階段から転げ落ちてこんな顔になり、家にはいづらい。両手両足はあるので荷物持ちくらいはできるとお医者の先生について来た」

「両手両足はあるって」

何が楽しいのかその言い回しを気に入って、娘はくすくす笑い出した。紺之介も悪い気はせず、晒し布の下ではにかんだ。いつも、男装を見破られるのではないかと女には警戒するのだが、晒し布で顔を隠しているとかえって気楽だった。

娘は百合と名乗った。十六歳で、隣の家から手伝いに来たそうだ。

「薬が臭くて迷惑ではないか」

「そんな、臭いませんよ」

気遣いでも嬉しかった。

「白泉塚を調べにたくさん学者様がいらっしゃるって、お庄屋さんが張り切って」

人数が多いように見えて、学者が三人しかいないというのは伏せておいた方がいいのだろうか。朝槿と、牛尾と、朝槿の師匠の父。一門が大集合するはずだったのが、三人。

「母屋で女子衆が草餅を作ってます。何もない田舎ですがせめても」

「ほう、ありがたい。しかし学者の先生方は木乃伊で盛り上がっていてしばらく話の切れ目がなさそうでござるぞ」

襖一枚隔てていたが、まだ中から棺がどうの柿の種がどうのの白熱の議論が洩れ聞こえる。

「熱心なことでござる」

「あたしからすれば墓場の外れにあるただの大きな石ですけどねえ。子供が悪いことすると白泉先生の木乃伊が攫いに来るって」

「地元の人にとってはそんなものでござるか」

ほっとした——エジプトの古手がどうとか土中入定がどうとかで盛り上がるのは、あの人たちだけなのではないか。

「この辺では神隠しは木乃伊のせいだって」

「木乃伊などただの死人でござる、たとえ蘇って動いたとして、拙者がこの刀で倒してくれよう」

「まあ、細い腕をなさってるのに」

「稽古はしてござる」

おかしな学者たちと柿の種の木乃伊の話をしているより、彼女と軽口を叩いている方が心が安らぐ。

「紺之介様だけでも一足先にいかがですか、味見など」

「そうしよう。拙者、甘党でござる——」

そのとき、背後で襖が開いた。紺之介が振り返ると、嘉一郎だった。彼も木乃伊談義に耐えかねて出てきたのだろう。

「嘉一郎殿、よかったら一緒に草餅をいただかぬか。皆が作ってくれたそうだ」

紺之介は声をかけたが、嘉一郎は舌打ちして新しい下駄をつっかけ、出ていってしまった。――歳が近く木乃伊に興味がない者同士、仲よくしたかったのだが。

「嫌われてしまった」

「きっと驚いたのですよ」

百合の方が気遣って微笑んだ。

「夜もご馳走と御酒を用意しております。飲んで騒げば仲よくなりますよ。娯楽のない村ですから、皆、学者様をダシに飲んで騒ぎたいのです。こんなこと滅多にありませんから」

「それはよいダシにならねば」

紺之介の人生にはかってないことだった。同心とそのお伴を歓待するのは何かしら下心があるものだが、木乃伊を見に来た学者となれば、いかにも意味のないどんちゃん騒ぎで気楽だ。誰も役人ではない。代金をせびられたら牛尾か和斉が払えばいいのだ。

この辺は冬場、野良仕事がない頃に男が江戸に荷運びなどの出稼ぎに行き、その駄賃で悪所に遊びに行く。が、女は江戸に行くと悪所で働く方になってしまうので、そうそう村から出られない。旅芸人が気紛れに立ち寄るのを待つしかない――

どうやら百合の話では村の者たちは、学者も旅芸人も一緒くたに考えているらしかった。紺之介はついて来ただけなので「学者はそんなものとは違う」と訂正する義理もなかった。

何より、気立てのいい娘と出会った。きっとお酌もしてくれる。

昨夜、顔がこんなになったときはこの世の終わりみたいだったが、江戸を少し離れただけでまるで竜宮城に来たようだった。

四

一夜明けて、いよいよ墓を掘る。

朝食を摂(と)ると、まずは皆で村の菩提寺(ぼだいじ)に和尚を迎えに行く。自身の願いとはいえ墓を暴くので、僧にも立ち会ってもらう。失敗していたときは即座に弔って埋め戻せるように、でもある。

霊禅(れいぜん)和尚は三十半ばのやせぎすの僧で一人前に墨染めに袈裟(けさ)姿だが貫禄(かんろく)はあまりなかった。信心があったというより、生まれつき病弱なのを理由に寺に入った口なのだろう。浮かない顔つきで、どうも乗り気でないらしい——木乃伊を掘るなんて話に、やる気がある方がおかしいのだが——

そう思うと、庄屋の方にはやる気がありすぎた。なぜだか顔色もよかった。

わざわざ松順に手紙を寄越した小池宗兵衛は髷が白い五十絡みの小男で、白茶の小袖の上に十徳を羽織って隠居の風情だった。大柄な三十半ばの跡取り息子の宗二がいつも一緒だ。村には継ぎの当たった小袖を着た農夫もいる中で一人、一張羅なのか黄八丈の羽織で張り切って、月代が脂ぎっているのを脂取り紙でやたら拭いている。

「和尚も先生も今日は頼みますぞ」

小男の父親の方が霊禅和尚や牛尾に愛想を振りまいた。草餅も美味だったし、夕食も山鳥やら鱒やらご馳走が出て酒宴になった。学者先生一行はなかなか歓迎されていたようだった――

歩き出して宗兵衛が離れると、朝槿が小声で牛尾にささやいた。

「大丈夫なのかよ、饗応を受けたりしてよ。学者に恩売っても大して金にはならねえって、あの庄屋に教えてやらなくていいのか。何もかもうまくいったとして殿様に木乃伊作りを頼まれるなんて多分ねえぞ」

――ないのか。来る前はあんなに意気揚々と出鱈目をほざいていたのに。

「気前がよすぎて気持ち悪い。素人に妙な期待されると後が怖いぜ。本草学の力で鉄を黄金に変えろって言われるかもしれねえ」

「お前は下心なしで他人に優しくしてもらったことがないのか。おれが悲しくなるからよせ」

牛尾はすげない。彼はてらうことなく出された酒を鯨飲して、それでいて一夜明けたら全く酔いの気配もない。酒豪だ。

「おれぁ金子の話になったら走って逃げるぜ。ない袖は振れねえ」

「宿を借りて坊さんの布施を持ってもらったくらいでびくつくな貧乏人。おごられるのに慣れていないとはかわいそうなやつだな。こたびの発掘調査の意義目的、庄屋にはきちんと説明してある」

「おめえの崇高な志が通じてんならいいんだけどよ。やる気満々で死後五十年なんて手紙寄越してきたの向こうじゃねえのかよ」

朝槿は薄寒そうだった。

墓地は村はずれだった。寺から離れた農地に適さない低い湿地に墓が集まっていた。なぜだか隅っこに丸太がたくさん置いてあった。卒塔婆にしては太くて長いが家でも建てるのだろうか。墓の近くに？

他の墓は新しい卒塔婆が立っていたが、龍田白泉の墓だけは五尺ほどの大きな石の墓碑があった。隣に半分くらいの大きさの墓碑があって、そちらが妻女らしい。この村では石の墓はこの二つの他は、代々の庄屋と和尚のものだけらしい。

そこに、鍬を持った若い農夫が六人も集まって待っていた。皆、二十やそこらで着物に襷をかけて裾をからげ、筋骨隆々の手足が丸見えだ。

「墓は深く埋まっておりますから。――皆、こちらが先生じゃ。今日はよろしく頼むぞ」

庄屋が農夫たちに手を振ると、農夫たちが曖昧な返事をして頭を下げた。――彼らの

手当てはどうなるのだろうか。六人分で、和尚への布施よりかかるのではないか。牛尾は考え込んだ様子だったが、

「こちら、お庄屋さんの親御さん？」

朝槿は他の墓石に目を留めていた。

「ええ、そちらが父で右隣が母。父は十年ほど前に卒中で倒れてその日のうちに、母はもっと前に風邪をこじらせて。わしやせがれは風邪一つ引いたことがないのに」

「ほう、佳人薄命ですねえ」

何やら世間話をして手を合わせてから、ついに龍田白泉の一際大きな墓石にたどり着いた。

「これはいい石で、へえ。うちは兄者が庭師なんで庭に置くものにゃ詳しいが、お殿様の庭にも置ける」

なぜだか朝槿は墓石に顔を近づけ、お世辞を言い始めた。

「ええ、わざわざ甲州から取り寄せたそうで。白泉先生の墓は五十年経ったら掘り返すので朽ちない立派な墓石でないと」

「彫った字が綺麗だ」

「白泉先生が生前に自ら彫ったところじゃ。この辺が埋葬の際にお弟子さんが彫ったところで」

庄屋の宗兵衛と墓石を指さして話し込んでいた。世間話で少しでも心証をよくする策

なのかもしれなかった。

　皆で墓石に手を合わせ、霊禅和尚が少し読経などした後で、いよいよ掘り返す。

　農夫たちは三人で墓石の後ろの土に鍬を入れ、三人は掘り返した土をまとめる。みるみるうちに地面に丸い穴が空いていく。牛尾以外は非力な学者一行で、ちまちまやっていたら何日かかっても終わらなかっただろう。

「……種蒔きで畑が忙しい時分にこんな働き盛りの連中を？」

「崇高な学問のために協力してくれるのだ」

　朝槿のつぶやきに、牛尾の言いわけは少し苦しかった。

　和斉は別の問題を指摘した。

「甕棺でも蓋は木だから、ある程度掘ったらわたしたちで代わらなきゃ。あの勢いじゃ蓋が破れて踏み抜く」

「埋葬の仔細に蓋のことは書いてなかったが？」

「一般常識だ」

　死者を埋葬する棺は町人なら木製の早桶で、木の蓋を金鎚を使わずに小石で釘を打って固定する。金持ちの町人や下級武士から上は焼き物の甕棺だ。

　龍田白泉の棺は上半分に釉薬をかけ、残りは素焼きのままの特注の甕棺。上半分は釉薬で雨水を防ぐが、素焼き部分から水気が行き来して内部の湿り気が保たれる仕組みになっているそうだ。

「五十年前の木の蓋ってもう土ん中で朽ちてんじゃねえのか？　雨水に晒されてる。ここ、低いから大雨のたびに水に浸かるぜ」

「それは掘ってみないと何とも――」

　皆で考え込んでいたときだ。

　ガツンと重い音がして、農夫が一人、穴から顔を上げた。

「先生、でけえ石がありやすが！」

「石などどければいいだろう」

「それが妙なんです、掘っても掘っても石です！」

　それで皆で穴を見下ろすことになった。朝槿は一番に穴の底に降りて、手で土を探る。

「ここが石で……ここも石か。確かにでかい。それに平たい。ちょっと貸してみろ」

　農夫の手から鍬を取る。見かねて和斉が朝槿の十徳を脱がし、小袖に襷をかけた。今日は動き回るということで、朝槿は脛を絞った裁付袴を穿いていた。江戸市中では「着物を着ているのは苦手」などとほざいていたが、野外では虫に刺されたり木や石で手足が擦れたりするのでちゃんと着込むらしい。

　朝槿は大きな鍬を小さく振るって、刃を痛めないように器用に石の上から土を取り除いていく。刀を振るったときより遥かに敏捷で手際がいい。

　農夫たちとも協力して小半時ほど土を除けると、幅五尺もある長方形の石が出てきた。土で汚れて石の色はわからないが、平たいのは明らかに人が細工したものだ。

「でかい。四角い。甕棺の蓋、か？　仔細には書いてなかったぞ」

「〃地獄石〃じゃないか」

穴の上で和斉が言い、朝槿が聞き返した。

「地獄石？」

「流行病（はやりやまい）やら子供の事故死やら不吉な死だと、棺に大きな石で蓋をするんだって。死者を封じるまじないだ」

「丸い甕棺に四角い蓋？　白泉先生は老衰で大往生だろ。わざわざてめえで選んだ墓石に字ぃ彫って柿の種を数えて飲んで、木乃伊（ミイラ）になるくらい余裕あったんだろ。不吉も何も」

「この辺の墓に石で蓋はしやせんよ。疫病で死んだ者は頭に鉄鍋（てつなべ）をかぶせる掟（おきて）でさあ」

農夫の一人が言った。

「一人でどうにかなる大きさじゃねえぞ。縄でもかけて馬で牽（ひ）くか？」

「縄をかけるにも、もちっと隙間が必要でしょう」

ここでとんでもない手段が登場した。

用意してあった丸太を農夫たちが支え、縄で縛って金具で留め、手際よく組み立てていく——あっという間に滑車つきのやぐらになった。甕棺を真上に吊（つ）り上げるために仕度していたものらしい。

流石に「崇高な学問のため」だけにしては大袈裟（おおげさ）なのに気づいて牛尾は顔が青ざめた

が、今更止めるわけにもいかなかった。一体何を期待して庄屋がここまでするのか、紺之介もきっとろくなことではないと予感した。

やぐらを組んで石の端をある程度掘り出したところで、それまで穴の外で土を除けていた若者が進み出た。顔つきはのっぺりしてあっさりしているが背が高く、力仕事ばかりの農夫たちの中でも一際手足の筋が盛り上がってたくましい。肩や胸まででこぼこしていて首が太い。

「権太は十九じゃが村一番の剛力自慢、この辺の神社の力石は全て動かしてしまった強者。江戸で相撲取りになる話もある。お任せを!」

庄屋の宗兵衛が我がことのように自慢げに語った。権太は地獄石のそばにしゃがみ込むと、地獄石に手をかけて大声を上げ、気合いを入れた——

石が動いた。

何と厚みが一寸以上もある。権太の腕は筋が盛り上がって絡みついて人の腕のように見えない。少し隙間ができたところに他の農夫がさっとやぐらの滑車を通した綱を結びつける。

「くくったぞ!」

合図をすると、穴の外の男どもが綱を引っ張った——農夫だけでなく、庄屋のせがれと学者、和尚まで、若い男の皆で引っ張る——

紺之介も手伝うつもりだったが、「怪我人はすっ込んでなさい」と和斉にいなされた。

しかし後ろの方で人数合わせとばかりに綱を引くふりをしている朝槿や和斉よりはましだったと思う。

下から権太が支え、穴の外の皆で綱を引っ張って、やっとどうにか地獄石が引き上げられた。地面に置かれた地獄石を見下ろして朝槿は首を傾げていた。

「……墓石とお揃いで、これも甲州から取り寄せたのか？」

「石より棺の中だ！」

すっかり汗だくになった牛尾は地べたに手をついて穴の方を覗いていた。石を引っ張る作業では牛尾が前に出て貢献しただろうに、朝槿の方が着物を泥で汚して何かを成し遂げたように見えた。

果たして、牛尾の目には何が見えたのか——腐臭がしたりはしなかったが、彼は戸惑っていたようだった。

「ともかく引き続き甕棺を丸ごと掘り出すぞ」

紺之介も覗くと、穴の中に甕棺の丸い縁が見えていた。油紙か何かで覆ってあって中身は見えない。

引き続き農夫たちで甕棺を掘り出す。見えない木の蓋を踏み抜く心配はなくなったので話は早くなった。農夫たちは見えている甕棺の縁を損なうほど粗忽ではない。

昼の鐘を撞くより前に掘り出して綱で吊り上げ、地面に降ろした。横に潰れた楕円形の甕棺は土で汚れたままだが、見たところひび割れもない。中身がそんなに詰まっておらず乾いているからか、石よりも甕棺の方が軽かったらしい。

「さあ白泉先生と五十年ぶりの再会ですぞ」

一応、松順とその曾孫(ひまご)を前に出して、牛尾は棺の中を隠す油紙を摑(つか)んで除け——

さっと戻し、朝槿を手招きした。

「お？　しくじってた？　埋め戻しか？　臭いはねえけど鼠がかじった？」

朝槿はなぜだか嬉(うれ)しそうに、牛尾と入れ替わりに油紙をめくって中を見る——

彼も真顔になって、油紙を戻した。

「和さん」

「え、わたし？」

「どうなのです、白泉先生の木乃伊はできているのですか」

庄屋(しょうや)のせがれの宗二が気を揉(も)む。

和斉も朝槿と入れ替わりに油紙をめくり——

「……気のせいかな。いや気のせいなわけないな」

「どうなっているのですか」

「な、何と言ったらいいのか」

宗二にせっつかれ、和斉は生唾(なまつば)を飲んでから言い放った。

「——白泉先生の他に、もう一人入っている——髪の長い女性」

それで場は騒然となった。

龍田白泉はやせた老人で足を横に曲げ、背を伸ばして手をへその辺りで組み合わせた結跏趺坐の姿勢で甕棺に納められていた。死後に関節が固まるのを予想して弟子がそのような姿勢を取らせて棺に入れたという。

その胸の辺りの隙間に、小柄な娘が縮こまって納まっていた。

五

甕棺は丸ごと、大八車に載せて寺の使っていない庫裏に運び込まれた。元々そこで腑分けを行う予定だった。

「あのう、若い娘が入っているとはどういう。この村の娘なのでしょうか。先生のご妻女は同じくらいの歳で隣の墓に埋まっているはずで。よそのおなごが？」

庄屋のせがれの宗二は牛尾をせっついた。

「昨日今日ではない。鼠が入り込んで干涸らびるのとはわけが違う。人があああまでなるには半年、いや二年はかかる」

壮絶な話に、宗二は言葉を失う。

「仔細は腑分けして調べるゆえに」

「し、調べてわかるのですか。どのように」

宗二は自分も腑分けに立ち会うと頑張っていたが、嘉一郎と朝槿が庫裏から飛び出して、礼儀も何もなく石畳にへどを吐き始めると諦めざるを得なかった。――見るからに若年で腑分けに慣れない嘉一郎はともかく、やる気満々だった朝槿までえずくとは一体どんなひどい有様なのか――

宗二だけでなく掘り出した農夫たちも学者どもがえずいているのを見て恐れをなし、庫裏に入りたいと言う者はいなくなった。

「少年、水、水持ってこい」

と朝槿が言うので、紺之介と百合とで桶に水を汲んできた。朝槿はざぶざぶ顔を洗って口をゆすぐと、

「ああ、あんた」

と百合に声をかけて庫裏の中に連れていってしまった。嘉一郎は戻る様子がなく、物も言わず鐘撞き堂の石段に座り込んでしまった。

紺之介は生きた心地がしなかったが、百合はすぐに庫裏を出てきた。

「何を見た」

紺之介より先に宗二が詰め寄った。

「いえ、何も……あたしの身内で神隠しやら行方知れずになった女はいないかと聞かれて、あたしが生まれる前に母の姉がいなくなったと答えただけで。おなごの木乃伊があたしに似ているそうで……それで今から母を連れてくることになりました。ああ、皆さ

ん昼食はいらないそうです。夜に二人前食べると」

百合は訥々と答えたが、最後の方は恐らく誰も聞いていなかった。

「百合の母の姉……ゆかりか！　ゆかりがいなくなったのはもう二十年前だぞ！」

「白泉先生が墓に入ったのは五十年前なのに、二十年前のゆかりがどうして⁉」

「二十年前のゆかりは、なぜ腐ったり朽ちたりしていない⁉」

横で聞いていた村人たちが騒然となった。

いつの間にか境内には人が詰めかけていた——明らかに掘り出した若者とは違う壮年の農夫やら老人やら子をおぶった中年女やら若い娘やら洟垂れの子供やら、有象無象の野次馬が続々と山門をくぐってやって来る。誰か来るたびに「白泉塚から二人目の木乃伊が」「百合の伯母らしい」と教える声がした。

乙部村の者たちは本草学者の〝発掘調査〟には全く興味がなかったが、若い女の木乃伊という過激な話を村中走り回って吹聴している者でもいるのか、皆、野良仕事も昼飯も放り出して寺に続々と押し寄せてくる。

祭りのような人出になってよそ者の紺之介は圧倒され、自分も鐘撞き堂の石段に座って人混みを避けた。こんな人数に「何者か」と詰め寄られたら剣術の腕などあってもなくても同じだ。不安になって裏門の位置まで確かめてしまった。

そこからは聞くに堪えない騒ぎになっていった。

——昔、あの墓に雷が落ちたことがあった。雷で墓の亡者が化け物になったのでは。

――そもそも本草学者が自らを木乃伊にするとは何なのか。死後、化け物になって蘇るような邪悪なまじないだったのではないのか。

――白泉先生は人喰い鬼となって夜な夜な墓穴から這い出て、娘は喰い殺されて墓に引きずり込まれたのではないか。

集まった村人たちが口々に勝手な噂を口にするのが、紺之介の耳にも入った。何せ誰か来るたび同じ話を大声で繰り返す。

雷に打たれて死ぬならまだしも、死人が雷やまじないで人喰いの化け物になるなんて馬鹿馬鹿しい迷信、戯作の読みすぎだ。

――なるほど、「流言飛語があっても否定できない」とはこういう状況なのだ。下手なことを言って逆上させて、数十人もの村人が一斉に暴れ出しては危ない。

幸いにして顔に晒し布を巻いた風体が奇異だからか、紺之介に声をかけて何か聞こうという人はいなかった。

紺之介としては朝槿や和斉が好きなように擁護すればいいと思うのだが、誰も庫裏から出てこない。

「和尚！　霊禅和尚！　お祓いを！　祈禱で調伏してくれ！」

ついに矛先が霊禅和尚に向いた。人混みでもう姿も見えないが、和尚と思しき声は皆に比べて弱々しい。

「……いや、拙僧は学者の先生の判断を待った方がよいと思う……人喰い鬼などおとぎ話だ。拙僧も化け物なぞ見たことがないし、退治の仕方も教わっておらん……本山では悪霊調伏など世迷い言、大抵のことは心の乱れであると」

今どき、僧の方が現実的だった。

「心の乱れで墓の木乃伊が増えてたまるか！　学者が調べて何がわかると言うのだ！　若造ばかりと聞いたぞ。あんたが頼りないことでどうする！」

「だからと言って拙僧に頼られても。白泉先生が駄目――不手際があったとき、弔い直すだけと聞いていたのに」

村人に食ってかかられていかにも気の毒だった。

やがて百合が四十ほどの母を連れて人混みをかき分け、庫裏に入っていった。そしてまたすぐに出てきた。

「やはり、ゆかり姉さんです」

百合の母が宗兵衛に涙ながらに語ったらしい。

――百合の母とゆかりは、どちらも祖母に足の裏にお灸を据えられた、その痕がある。

――ゆかりには正吉という許婚がいたのに、そちらも早々に首をくって――今思えば、ゆかりがいなくなったのを悲観して――

村人たちは口々に百合の母の言葉を繰り返して、また別のたわごとをほざき出した。

「……もしやゆかりは我が身を挺して人喰い鬼を封じていたのではないか？　己が生け贄になることで、その後、娘が攫われるのを防いだ。木乃伊となったのは功徳の証」

――観音が美女の姿に変じて魔物を封じた法話があるとかないとか。期せずして化け物に襲われたゆかりだが、功徳が彼女を清めて美しいまま腐らない身体を手に入れたとか。

平生なら一顧だにしないたぐいの世迷い言が境内を駆け抜け、紺之介は伝説が作られる瞬間を目の当たりにしてしまった。

伝説が作られる瞬間は劇的だったが、騒動は長持ちしなかった。

何せ誰も庫裏から出てこない。皆、焦れたが木乃伊が怖いのか庫裏に押し入る者はいなかった。もし学者が鬼に祟られて中で死んでいたら、それはそれで見たくない――

そうなると漫然と待つのには限界があった。

おやつどきには野次馬のほとんどは帰ってしまっていた。嘉一郎もとうにどこかに消えた。紺之介は百合の差し入れで握り飯など食べた。

日暮れが近づくと、庄屋親子と和尚の他に二人ほどになっていた。

「いい加減、時間がかかりすぎじゃ。中で昼寝しているのではあるまいな」

宗兵衛が苛立って、鐘撞き堂まで登ってきた。――彼はここまで紺之介をまともに見ようともしなかったのが、やっと他に誰もいないと諦めたらしい。紺之介に話しかけてきた。

「そちらは先生方いずれかのお弟子でいらっしゃるのか？」

「正式に弟子入りしたわけではないが、付き人のようなものでござる」

「ならばどうしているのか声をかけて確かめてもらえぬか。心配じゃ」

「――あいわかった」

どう考えても宗兵衛が自分で見に行きたくないだけだが、全くかかわりのない者が入っていったら学者が怒り出すかもしれない。ここは紺之介が確かめるのが筋なのだろう。

庫裏は白い漆喰塗りで一見、蔵のようだ。

「先生方、皆、どうしてござるか。外は大変でござるぞ」

紺之介が戸を開けると中は板張りで、うっすら膿のような生臭さが鼻についた。

高いところに窓があって多少は日が射すが薄暗いので、例によって学者たちは蠟燭を何本も立てて火の光で木乃伊を覗き込んでいた。仏像を置くものなのか大きな木の台があって、そこに木乃伊二体が並べられている。松順は寝ているのか台に背をつけて座ったままこっくりこっくり舟を漕いでいた。薄茶色の甕棺は台のそばにある。鋸や槌、鑿など大工道具が床に無造作に置いてある。

――床の上に柿の種がきっちり十粒ずつ並んでいる。数えたのか？　いやその前に、腹から出した？

「――首の縄目が斜めに見えるぞ。首吊りではないのか？」

「牛の字、本当に首吊り死体を見たことあるか？　首吊ってると骨が外れるのか首自体が伸びちまう。ろくろ首って首吊り死体のことだぜ」

「首の皮だけ妙にボロボロになってるんだから、何か細工をしたんじゃないのかな。見慣れてないが、これはひどいんじゃ？」

牛尾は身体を傾けて覗き込み、朝槿は巻紙に筆で絵を描いていた。和斉も台に紙を押しつけて何か書き物をしている。皆、立ったままで。

朝槿はやせた老人の顔をなかなか達者に描き上げていたが、ふと、紺之介がすぐ後ろにいるのに気づいて、振り返って叫んだ。

「うあっびっくりした！　声かけろよ」

――驚かれても。

「声はかけたが。もう日暮れでござるぞ」

「一日が早い！　道理で腹が減った」

屈んでいた牛尾が立ち上がると、こちらまで聞こえるほど音を立てて身体が軋んだ。

彼は自前の虫眼鏡を使っていた。

「灯りもただではないし、夜は寝るか。もう二、三日眺めたいところだが」

「ここは鍵はかかるのかな。開けっ放しは絶対よくない」

和斉が座ったまま戸を窺った。

「木乃伊が盗まれる？」

「いや……皆に見せるには刺激が強いかと。脆くなっていて触ったら壊れる」

紺之介の視界に入っていたそれは、灰色の塊だった——肌の色ではない。龍田白泉は結跏趺坐のまま横たわって、背中を台につけているのが奇妙だった。もはや手も足も動かないのだ。着物は何もまとっていない。腹の辺りが薄ら赤く見える。頭の毛穴から短い髪の毛が生えているのを見て取った途端、「限界」を感じた。それ以上認識できない。紺之介は目を逸らして漆喰の壁を見た。心の臓が高鳴っている。

「や、やはりこう、恐ろしいな」

絵なら何とも思わないのだが。

「そうかぁ？　白泉先生はこんなもんだぞ。——頑健すぎて見どころがなくて面白味がない。五十年で俗の垢も落ちたことだし、錦の袈裟でも着せたら明日からこの寺のご本尊になれるぜ」

朝槿は嘔吐していたとは思えないほど、平然とそう言った。

「おれらが見る分には、多少具合悪い方が面白いことがわかっちまった。申しわけねえ」

「面白いとか面白くないとか、どういうことだ」

「だって木乃伊になってはらわたがペラペラになってる以外は年相応に骨の減った年寄りでよ。腹ん中に大量の柿の種があったから外まで赤くて、死んですぐ結跏趺坐の姿勢にすんのに弟子が棒か何かにくくった痕があるくらいで」

結構変わっていると思うが。

「胆石くらい持っててくれないと話が弾まねえなあって」

「話が弾むとはどういうことだ」

もう死んでいて、ものを言うなどできないはずだ。

「〝ゆかりさん〟はとても話題が多い。多すぎて困る」

「何かわかったのか」

「そりゃもう死因から何から全部わかった。何が聞きたい」

「いや、聞かせない方がいいこともあるんじゃ……どうかな。紺之介さんに聞いてもらって、驚くか試した方がいい？」

和斉の言い方には何やら含むところがあるようだ。

「拙者で試すとは？」

「若い娘さんの親族に聞かせるには気まずいことがいろいろと」

「気まずい、とは？」

「――嫁入り前なのに子を孕んでいる」

その話を聞いて、紺之介は木乃伊の方を振り向いた――

〝ゆかり〟は台の上で膝を抱えて丸まっていた。やはり灰色で着物はない。結いもしない長い髪が背の方に垂れている。

眠るように目をつむっている、その顔は多少やせているが、確かに鼻の形や口許が百合に似ている――今度は小鼻の丸みにぞわぞわしてきたので、吐き気を感じる前に目を逸らした。

生きた人なら何でもないのだが、死んでいると思うだけで心が拒む。年寄りの骨の形が怖いのではないかと思ったが、無理なものは無理だった。

木乃伊のそばに副葬品なのか、陶器の破片やら黒い丸い粒やら並んでいた。指先より小さく、木の実などではなさそうだった。母や姉が使っていた練り香を思い出した。

「まさか白泉先生の子を!?」

「そんなわけねえだろ、生きた男のコレがいたって話」

朝槿が面白くもなさそうに小指を立てた。木乃伊が裸なのは、経帷子の方が先に朽ちてしまったからだとか。

「ゆかりさんが死んだ時点で死後三十年の白泉先生のそんなもん、とうに枯れちまってる。全体に皮一枚で、男根は紙っぺらみたいに干涸らびて竿と金玉の見分けもつかなくなってた。男も女も大した違いじゃねえや。これが二十年前なら使えたかって無理無理」

なぜか朝槿は柱に手をついてかぶりを振った。

「お殿様は古手木乃伊の男根を食いたがるけど出島に着いた時点でそこだけなくなってんの、てっきり鯨と同じで一番うまいとこは地元の漁師が食ってから残りを売りつけてるのかと思ってた。骨が入ってないから肉が乾いたら皮だけになっちまって、股にくっついて見つかんねえんだわ。俗の男はなー。男根の陽の力に夢見すぎなんだよなー。即身仏が悟りの役に立つって本当だな。諸行無常だぜ」

——しみじみと何を語っているのか。紺之介が反応できないうちに次の話が始まる。

「ゆかりさんは二十年前、その当時に生きてた男に孕まされて縄で首絞められて殺されたんだろ。首の皮があちこち破れて縄目の痕が残ってる。足にも軽く縄目。恐らく死んだのは夏の初め、晩飯のすぐ後」

先ほどの首吊りか首吊りでないのか、という話はゆかりのことだったらしい。

「おなごの足に縄の痕とは剣呑な、首吊りならば相当の覚悟でござる」

裾が乱れないようにあらかじめ足を縛るのは、女の自害の作法だが――

「覚悟の自害をして、よそ様の墓に入るわけねえだろ。軽くったって血が通わなくなるほど強く縛って傷になってんだから痛えぞ。白泉先生もだが、生きてる間にこんなにきつく締めたら痛い。死んだ後の処置だ。亡骸に都合いい姿勢を取らすのは大変なんだ。しかも右足と左足で痕がずれてて妙だぞ。剣呑だとも」

朝槿は一蹴した。「都合のいい姿勢」とは何かと思ったが、葬儀の段取り、使う棺で左右されるそうだ。土葬なら座棺で、火葬なら寝棺。江戸は土葬で、上方は火葬。普通なら亡骸の姿勢は、葬儀を取り仕切る僧や墓掘り人が気遣わねばならないことらしい。

「何、外の連中は死後三十年の白泉先生が墓から這い出して、夜な夜な骨と皮だけで動き回って女こましてたって考えてんのか？　面白い話できなくて悪いなあ」

彼は外の騒ぎを知らないはずだったが、おおむね当たっていたのが何とも。

「白泉先生、骨も皮も筋もカチコチだから何かの間違いで魂が入っても動いたら壊れちまうよ。――いや、このカチコチが魂がないってことだ。いくら見た目を整えても死ぬってこういうことなんだ」

なぜか朝槿はしんみりとうつむいた。

「人の魂は死んで天に昇る〝魂〟が三つと死体に宿ったままの〝魄〟が七つで三魂七魄ある。唐の即身仏は魄を宿したままの木乃伊を漆で塗り固めて、生きてた頃そっくりの塑像に仕立てるらしいぜ。これも魄は残ってるが、生きてるときとはもう違うんだ」

「弥勒の浄土なら兜率天、薬師如来の浄土なら東方瑠璃光浄土、あるいは六道輪廻をたどったか、何にせよ白泉先生の魂は十万億土に異世界転生して戻ってこない」

和斉が指折り数えた。――極楽浄土と地獄以外にもそんなに行く先があったのか。

「白泉先生だけ経帷子でも着せて、庄屋さんたちにも見せた方がいいのかな？　見てしまえば、そんなにすごいものじゃないとわかるかも」

「……木乃伊が怖くないのか？」

思わず紺之介は尋ねた。自分はそちらを向くことすらできない。うっすらと濡れた犬のような垢じみた臭いを感じる。柿の種の詰まったはらわたを見るのに、横から腹を鑿で削って小窓を作ったりしたらしい。

「蘭方医は十回は腑分けしなきゃ一人前じゃねえからな。湿ってるより乾いてる方が汚くないくらいだ」

朝槿と牛尾は当たり前として、和斉も三度ほど経験があるらしい。

「朝槿は本当に紺之介殿に漢文しか教えていないのだな」

「元からそういう約束なんだよ、手抜きしてるわけじゃねえ」

牛尾に言われて、紺之介も一瞬負い目を感じたが、よく考えて腑分けをしたことがないのは何も負い目ではなかった。

「甕棺は地獄石で塞がれていたのに、貴殿らはゆかり殿を殺めたのは生きた人だと思うのか？　生きた人がどうやって石を除けてゆかり殿を墓の中に入れたと」

紺之介は鼻白んだが、朝槿は面倒くさそうだった。

「地獄石のことはよくわかんねえから後回し。鉤爪や牙の傷ならともかく、縄の痕なら人だろうよ」

「後回しって」

「思いついたときに考えるんだよ。先にわかるところから読むとわからないところも何となく読めるようになる。漢語も蘭語もそんなもんだぜ」

牛尾も和斉もそんなものだという——学者らしい考え方なのか？

「白泉先生は柿の種で木乃伊となったそうだが、ゆかり殿はなぜ？　なにゆえ彼女まで二十年、腐らず朽ちずに残ったのか。首を絞めた後に柿の種を押し込んだとでも？」

墓自体には亡骸を保管する仕掛けはないはずだ。

「柿の種じゃ無理だが、恐るべき碩学の力で大体見当がついてる。話が長くなるから後でな。何度も説明するのは面倒だ」

朝槿は流した。ここまでも十分長い。

「――いやあ、腹を開いたら子がいるとか、嬉しいオマケつきだったわ。女の罪人は腑分けにも試し斬りにも回ってこねえし。子なんかもうカチコチで石みたいになってたけどおれ生命の神秘に感動して涙ぐんじまった」

はしゃいで人さし指と親指で一寸ほどの大きさを示す――嬉しいオマケつきって、孕み女を子供の駄菓子のように言うな。白泉に対しては悲しげな顔をしていたのに、ゆかりにはその薄情さは何だ。

「おれたち、こんなに楽しい思いして、やっぱり金取られるんじゃねえか」

「ゆかりさんのご家族に？　お庄屋さんに？」

「楽しかったのでござるか？　へどを吐いて苦しんでいたのに」

「ありゃ臭くてつい。今更木乃伊如きでビビるおれじゃねえが、棺から出したときに不意討ちで地獄の釜で罪人を煮込んだような臭いが来て。あれに比べりゃおめえの十薬なんか、屁でもなかった」

「この庫裏に臭いがついたら、やはり和尚に弁償せねばならんのか。大分ましにしたと思うのだが、まだ臭うか」

牛尾は薄寒そうな顔でそんな心配までしていた。――庫裏の外と内でこんなに様子が違うと、何から話していいのか。

「外では村中の者が集まって鬼や天狗、狐狸妖怪の仕業と大騒ぎでござるぞ。雷が墓に落ちて壊れたせいで白泉先生が鬼と化したとか、ゆかり殿が生け贄になって鬼を封じたとか」

「夢があるのかないのかわかんねえ話だなあ。戯作(げさく)の読みすぎだぜ」

朝槿はおかしそうに笑った。

「鬼や天狗がいたとして、やることが女を攫(さら)って墓に隠れて助平するだけってなぁ悲しいだろが。おれなら家の裏に酒が無限に湧き出す泉がほしい」

「冗談を言っている場合か。今のところ鬼の妖術(ようじゅつ)以外に地獄石を通り抜ける方法がない。人の仕業だと皆を説き伏せることができるのでござるか？」

「女を孕(はら)ませるときに瘡(かさ)をうつす鬼や天狗ってな随分と間抜けな連中だな」

――この世ならざる神秘も幻想も、たった一言で力を失う。

「……何と？」

「ほらここ。瘡毒(そうどく)の初期、〝鳥家(とや)がついた〟状態。この通り、薄幸で病弱のゆかりさんには見るべきところが多くて、医者は話が弾む」

朝槿はゆかりの二の腕を指さした。肌にぽつぽつといぼができていた。

瘡毒（梅毒）は花柳病で、遊女などはこれに罹(かか)って一人前と言われているが――

「これこそ二本の足で立って歩いてる人並みの男がいたって証(あかし)じゃねえのか？」

六

朝槿の懸念は当たった。あるいは牛尾の、か。

村人たちはさぞ本草学者たちをとっちめるかと思いきや、離れは農夫に取り囲まれているわけでもなく、昨日と同じく庄屋親子と百合たち飯の世話の女だけが出入りする。庄屋親子は学者たちに晩飯を食わせるだけ食わせてから、牛尾に書面を見せた。牛尾はみるみる青ざめた。

「……高いな……」

「春先で忙しい若い農夫どもを呼びつけて、やぐらを組ませたから。順当じゃ」

どうやら請求書のたぐいだった。例によって松順は横に座っていても聞いているのかいないのか忘我の域にある。嘉一郎に至っては座敷にいもしなかった。

「いやいや、わしらも学者先生に本当に払ってもらおうと思っておるわけではない」

「と言うと」

「白泉先生の木乃伊、ようできておるようなので、どこぞのお大名に買うていただけんかと」

ここに来て小男の庄屋がその本性を露(あら)わにし、煙管(キセル)に刻み煙草を詰めてにやにや笑った。昼間の皆の騒ぎなど忘れたようだ。せがれの宗二の方は額の脂を拭(ぬぐ)い、怪訝(けげん)げに父親が言うのを聞いている。

「木乃伊は高く売れると聞いておる」

「古手木乃伊のことか？　あれは何百年も大昔のもので、海の果ての異国から取ってきた舶来品だから薬種になるのだ。我々とは全く違う人種で仏教徒でもなく、我々の全く知らないおとぎ話を信じて自ら木乃伊になった。日の本ではとても手に入らない山ほどの香料で仕上げた一種の漬け物で骨董品だ」

　そんな言いわけなのか。

「人買いは死罪である。御仏の教えを信じる日の本の民の亡骸を売り買いするなどもってのほか。人道に悖る。亡骸から薬を作るのは山田浅右衛門にしか許されていない」

　牛尾は毅然と断言した。

「そこを学者先生の伝手で何とか。おかしなものが好きな殿様の一人や二人、紹介してもらえんか」

「そんな伝手はない。おれの方こそ殿様に無礼討ちにされてしまう」

　牛尾は譲らなかったが、宗兵衛も怯まなかった。

「ならば奥羽や越後の寺には売れんか。即身仏はありがたい本尊なのじゃろう？　仏像は売り買いするじゃろう。何が違う」

「そもそも白泉先生は即身仏ではない、木食行も土中入定もしていない」

「どう違う。白泉先生も結跏趺坐を組んでいるではないか。来世を信じ、後世によい結果を残すと信じて挑んだのであろう？　そこに御仏の魂が宿っていないとなぜ言える」

「寺々はそんな安易な考えで即身仏を拝んでいるのではない」

「ならばどんな考えがあるのじゃ」

逆に宗兵衛に詰め寄られて牛尾は言葉が鈍った。

「仏道に関しては門外漢である。無知な者が結果だけ同じであろうと押し売りに行っては信心を穢す。先方に失礼であろう」

「では白泉先生をどうすると？」

「墓に戻すのだ、我々の記録とともに。また五十年後、あるいは何百年後の未来の学者が新たな知見を得るであろう」

「それは御仏の教えとは違うと？　話にならんなあ！　いずれも等しく世迷い言じゃろうが！　何百年だの五十六億年だの！」

宗兵衛がよく通る声で言い放った。紺之介まで身体がすくんだ。

「も、元は白泉先生のご研究のためとはいえ、こちらの見通しが甘かったのは認める。普請の費用はいずれ、金子を用立てるので――」

もはやしどろもどろの牛尾に、なおも宗兵衛がにじり寄る。

「白泉先生が駄目なら、もっと金になりそうなものがあるじゃろうが。――ゆかりはどうじゃ。おなごの木乃伊となれば船来の木乃伊とは違う値打ちがあろう」

「ゆ、ゆかり殿だと？」

思いがけない提案に、牛尾の声がうわずった。

「百合に似ているとわかるくらいに見目麗しいのであろうが。百合は器量よしじゃ。あれに似た十六のおなご、干物であっても手に入れて愛でたい好事家は山とおるのでは？」

「こ、公序良俗に反する！」

「つまらんことを喚きおるなあ、小僧」

宗兵衛は煙管を一吸いし、煙を牛尾の顔に吐きかけた。

「村の者はゆかりを、鬼から村を救った女菩薩観音と思うて寺で拝むと申しておるぞ。白泉先生を鬼として打ち砕いて焼くともな」

「え、あの、拝むというのはまずいかと……奥羽や越後の即身仏は皆、男で年寄りで、見とれるような美しいものではないから拝むのを許されているのです」

見かねて和斉も口を挟んだ。

「それに世間の木乃伊の見世物というのは人魚の木乃伊といって、人ではなく猿と魚の剝製を貼り合わせたものですよ。生きた見目麗しい女人が横に立って客引きをするだけで、木乃伊自体は醜い獣のものです」

江戸では芝居でも見世物でも人を集めるものはお上に監視されていて、過激だと見なされたらすぐに手が回って興行が打ち切られる。どういう仕組みなのか、馬鹿馬鹿しいようなものでも目敏く見つけられる。ここは江戸に近い。

「恐らく美麗な女人の木乃伊を拝んだり見世物にしたりしては淫祠邪教の誹りは免れず、

風紀紊乱とお上のお叱りを受けます。罰金を取られるだけでは済まない。島流しにされる――」

「それで捕まるのはわしではのうて霊禅和尚じゃなあ」

宗兵衛は小揺るぎもしない。所詮は牛尾も和斉も若造で、五十の庄屋はいっぱしの古狸だった。

「村の愚か者どもが思いあまって軽はずみなことをしでかす前に、わしらであれを妾奉公に出してやった方がよいのではないか、と言うておるのじゃ。秘密裏に。生きておる娘と同じじゃ。大勢の見世物、晒し者にするよりは一人の〝旦那〟に囲われた方がゆかりも幸せであろうが。墓にしまい込むより何らか人の役に立った方が、あれも喜ぶであろう。皆にはよそに運んで詳しく調べて弔うと言えばいいだけじゃ。目の前から消えてしまえば皆いずれ忘れよう」

――和尚と村の者を盾にする言い草。恐らく宗兵衛と宗二と二人だけなら、役人を賄いなどで丸め込んで無傷で済むのだろう――

「それともあんたら、これほど村を騒がせて人を惑わせて、後は知らぬ存ぜぬと放り出して逃げる算段か。己らだけ学問ができれば、木乃伊で心乱された凡愚などどうなってもよいのか。無責任ではないか」

煙管で指されても、もう牛尾は返事もできない。彼らが自分たちの学問に耽溺するばかりで、他のことを考えていなかったのは事実だ。

「白泉先生も埋め直しても、掘り返されて燃されてしまうじゃろう。崇高な学問など誰も解さぬ、田舎者ゆえな。いっそ白泉先生とゆかりで一対にして夫婦木乃伊としてみてはどうじゃ。折角男女揃うておるのじゃ。白泉先生も焼かれるよりはよいじゃろう。絡み合うような形に作り直すとか──」

宗兵衛の話が終わらないうちに、急に朝槿がけたけた笑い出した。自慢の白い歯を見せて。外を歩き回っていたときはきちんと着つけていた着物が夕食の間にはだけて、正気でないような姿になっていた。

「いやあ流石、お庄屋さんは見識がある。こんな片田舎でも財をなすだけのことはある」

そのくせ、言葉は面白がるようだった。

「鬼や天狗がどうとか言ってる田舎者の相手なんかしてらんねえって思ってたけど、お庄屋さんは銭勘定する余裕まであって何よりだぜ。そりゃ金にならない話に協力してもらえると思ってた牛尾が悪い。すいやせんねえ、学者馬鹿は世間知らずで」

調子よく手を合わせておもねるふりすらした。「金子の話になったら走って逃げる」とか言ってたくせに。

庄屋の宗兵衛は奇抜な髪型の彼を一人前の男とは見なしていなかったらしく、薄気味悪そうに見やった。ここまで朝槿のことを数合わせと思っていたことが、目つきでありありとわかった。

「──わしはゆかりがいかにして墓に入り込んだかなぞ興味がない。鬼や天狗の木乃伊が残っておるならともかく。金になるかならんかだ。あんたは金にしてくれるのか」

「はは、すげえなあ。太い実家継いだだけのぼんくらじゃなく、努力してる分限者とお見受けした。金子は大事だ。だが、あんたはちったあ功徳やら来世やらにも興味を持った方がいいと思うぜ」

「どういう意味じゃ」

宗兵衛は目を細めた。

「あんた、本当にゆかりさんが死んだわけを知らねえのかい」

「まるで見当もつかんわ」

「宗二さんは？」

急に尋ねられて、宗二は露骨にうろたえた。

「え、いや、おれもその、昔のことで誰かも憶えてない……」

鬼や天狗の仕業、とは言いにくいのだろう。

朝槿はわざとらしく大きなため息をついた。

「どいつもこいつもカマトトぶりやがってよ。——てめえのせがれが絞め殺した女の骸、売って金子に換えようなんて冥土の奪衣婆でもこれほど吝嗇ではあるめえよ。地獄に堕ちるぜ、強欲爺」

威勢よく啖呵を切る。

「てめえだけ学を究めて、木乃伊に目がくらんだ凡愚が罪を犯すのを放り出して逃げちゃあ本草学者の名折れ。一本筋が通ってら。凡愚ってな爺、おめえのことだがな」

練馬の古狸に、人喰い鬼が牙を剥いた。

「お、おれは何もしてない！」

宗二が素っ頓狂な声を上げた。朝槿は眉も上げなかった。

「そりゃそうだ、あんた二十年前には十四や五だろう。多少ませてて女にちょっかい出してたにしても今よりずっとチビで、石がどうの以前に、絞め殺した亡骸を担いで運ぶのは無理がある。あんたのやらかしを村の皆で庇ってるんなら、そもそもこんな騒ぎにゃなってねえんだよ。お庄屋さんも見なかったことにして帰ってくれっておれたちに金子はずんでたろうよ。それに――」

朝槿は片膝を立てた。足の裏で畳をこするようにずいと出す。

「――この離れの畳、古くなって柔らかい。近頃はこの部屋あんまり使わなくて掃除だけして、前に畳を替えてから十年、十五年ってとこか？　床の間の前だけ日焼けが薄い。万年床を敷いた跡だ。ここに何年も病人を寝かせてたな」

紺之介には畳の違いなどわからなかったのだが、それで宗兵衛が一瞬怯んだ顔をした。どうやら朝槿の言うことは口から出任せでもないようだった――恐ろしいことに。足の裏で畳の良し悪しがわかると言うのか。

「畳に布団の跡がつくほど、五年も六年も臥せる病はそうはねえ。お庄屋さん、あんたのお父っつぁんは卒中でピンピンコロリ。おっ母さんは風邪で、おっ母さんが死んだ頃にこの離れはない。あんたとせがれは風邪一つ引いたことがない。――ならここには誰が臥せってたんだ？　宗二さん、あんたの上に宗一だか宗太だかいう兄さんがいたんじゃねえのか。それとも宗吉か？」

「あ、兄貴のことがわかるのか……」

「余計なことを言うな、宗二！」

　ぽろりと洩らした宗二を、宗兵衛が怒鳴りつけた。彼は顔色が変わっていたが、宗二を叱りつけたことで冷静さを取り戻したらしい。すぐに先ほどの調子になった。

「ゆかりが首を絞められて死んでおったと？」

「縄の痕が首にな」

「さては墓場で宗一の墓を見たのか。――確かにこの宗二には兄がいてもう十二、三年前に死んだが、なぜあれの仕業だと。何の証があって」

「ゆかりさんが腐って朽ちなかった理由だ。白粉の鉛やら子流しの砒石やら心当たりはいくつかあるが、決め手は彼女が瘡持ちだってことだ。瘡毒の薬だ。――杉田玄白が見つけた金のなる木、スウィーテン水の効果だ！」

　瘡毒という名で顔を歪めたのは宗二だけだった。

「スウィーテン水？」

　宗兵衛が聞き返した。

「随分前だから薬の名前なんか忘れちまったか。和蘭陀船が持ってくる昇汞（しょうこう）を蒸留器（ランビキ）で精製して酒や牛の乳に溶いて飲みやすくした薬だ。和蘭陀の医者のスウィーテンが発明して本に書いた。――昇汞ってのは消毒剤だ。カロメルやソッピルマートって名で出島から入ってくる。昔は日の本でも採れた。丹（に）、朱、丹砂、辰砂（しんしゃ）、みずがね、軽粉（けいふん）、はらや、呼び名はいろいろある。〝賢者の石（フィロソーフス・ステーン）〟――水銀（クイーク）だ。秦（しん）の始皇帝（しこうてい）も飲んだ不老不死の仙薬だよ」

「不老不死だと、何のおとぎ話を」

「今時分は出島や吉原で売ってんだよ」

正確には塩化第二水銀。

菌なりウイルスなりの目に見えない〝病原〟を退治するという目的意識がない時代の治療は人体に害をなすほどの劇薬を使い、大変乱暴だった。

梅毒の真の特効薬であるペニシリンの発見は顕微鏡や培地での微生物の培養・観測が前提であり、病原の概念もないのに「これが効く」という個人の経験則だけで広く普及させるのは困難である。

「水薬はかさばって持ち運びが大変で日持ちがしない。改良したのがアラビアゴムで練って固めた丸薬だ。それが甕棺（かめかん）の中に落ちてた。一日に十粒も飲むから飲み忘れが懐にでも入ってたのか」

〝丸薬〟というところで庄屋の眉が動いた。

そういえば、ゆかりの亡骸のそばに黒い丸薬があった——練り香も丸薬も人の指で丸めるから似て見えたのだ。丸薬といえば子供の疳の虫の薬、下痢止めなどを思い浮かべるが、瘡毒の薬があるとは。

「唐の皇帝しか飲めないってほどじゃないが、昇汞もアラビアゴムも出島から取り寄せるしかなくてお高い。扱う医者も誰でもいいってわけじゃねんだよ、お上に認められた名医でないと。杉田玄白だ。この薬でボロ儲けしてつい十年くらい前まで生きてた」

杉田玄白——もっと昔の人なのだと思っていた。

「白泉先生は胃やはらわたの中の柿の種を確かめる必要があったわけだが、見比べるためにゆかりさんも胃の腑を開けてみた。飯をよく嚙んで食う人だったら何もわかんねえとこだったが、早食いなのか形が残ってるものがあった。——頭から尻尾まで一寸足らずのちっちゃい川魚！　つるっと勢いで呑み込んだんだろうな。丸ごと炒りつけたのがおれたちの晩飯にも出た」

腑分けしていた三人が食事のときになぜだか小魚だけ箸でつまんでじっと見ていたわけがこれでわかった。

「ついでにちょっと欠けた空豆！　空豆の旬は夏の初めだから死んだのもその頃で、食ったもんがこなれてねえってことは、死んだのは飯のすぐ後だ。朝や昼に恋人と会って絞め殺すのは目立つから、晩飯の後だろう。こういうのが腐らずに残ってたのは毒消しの力が強い水銀製剤が胃の腑を通ったからだ」

正直、紺之介は「ゆかりさんのことが全てわかる」というのをいつもの大言壮語だと解釈していたので、ここまで把握していたのは予想外だった。──二十年も前の人の晩ご飯が？

「生きているうちに水銀を何度も飲んだせいで毒消しの力が血を巡って身体中に回って、ゆかりさんの亡骸は腐らなくなっちまった。──この村でてめえと女の二人分もお高い薬を買える甲斐性のあるやつ、お庄屋さんの身内以外に誰がいるんだよ。一人分でも貧乏人なら娘を売ってトントンの値だぞ」

朝槿が畳みかけると、宗兵衛はどんどん顔が月代のてっぺんまで赤くなってきた。

「おなごの胃の腑を開けて見たとは、腹を切って開いたのか！　お前が鬼じゃ、地獄に堕ちる！」

「正しい医者はその分、病人を救って薬師如来の浄土に行く！　腑分けってなそういうもんだ！」

鬼呼ばわりされた程度で、朝槿が怯むわけはなかった──子供の口喧嘩のようになってきた。

「仮に宗一がゆかりを絞め殺したとして、どうやって亡骸を地獄石の下に埋める！　権太でなければ動かせんが、権太は二十年前に生まれてもおらん！」

「別に権太でなくたって――」

二人、中腰になって取っ組み合いすら始まりそうだったが、宗二が宗兵衛を後ろから羽交い締めにした。

「おっ父、学者の先生を鬼は言いすぎだ。夜も遅いしまたにしよう。先生方はお疲れだ」

「ええい離せ宗二、お前は悔しくないのか――」

宗兵衛はまだ喚いていたが、幸い、庄屋は息子より遥かに小柄で、腕を振りほどけずに引きずられていった。

「無礼な学者どもめ、ここを誰のうちだと思って――」

宗兵衛の喚き声が響く中、二人が出ていった後の戸や襖を和斉が次々閉める。

危機は去った。

「――朝槿よ」

牛尾は背筋を伸ばし、息をついた。窮地を救われて感謝するかと思いきや。

「こんな時間に庄屋を論破して、この家を追い出されたらどうする。せめて朝にやれ」

「あ」

その指摘で勝利に酔いしれていた朝槿の顔から笑みが消えた。庄屋の宗兵衛相手には言われるがまま気弱だった牛尾だが、朝槿のことは締め上げんばかりだった。

「夜中に街道筋でもない練馬の端に放り出されたら！　おれたちはよそ者だぞ！　この辺は山犬も出るかもしれん。お前一人なら走って江戸まで逃げればいいが、松順先生がいらっしゃるのだ！」

「あー……」

「他人と喧嘩せずにおれないのか⁉」

――牛尾は反論できなかったのではなく、考えがあって我慢していたのだ。畳の日焼けには敏感な朝槿だったが、人情については全く考えていなかった。

「まあまあ牛さん、お庄屋さんのたくらみがわかったんだから。ここはお寺を味方につけて、何とかゆかりさんと白泉先生を別々に埋葬し直す方向に話を持っていこう」

和斉がいなしたが、

「その前に今夜をどう過ごすのだ！　あの庄屋が村の若い衆を連れてここを出ろと脅してきたら！」

「木乃伊を売り飛ばすのにはわたしたちの協力が必要なんだから、追い出したら損だと訴えてだね」

「思わせぶりな駆け引きをする道は朝槿が叩き潰した！　飯を食わせてもらう身でせがれを人殺し呼ばわり、お前の礼儀はどうなっている！」

牛尾の怒りは収まらなかった。

もう暗いのに松明や鋤鍬を持った農夫たちが自分たちを追い立てに来るなんてありえない。ここは郊外だが江戸から近い方で日暮里とそう変わらない――紺之介もそう自分に言い聞かせたが、不意に戸口から呼ぶ声がして慌てて刀の柄を摑んだ。朝槿も和斉の背後に隠れるくらいには動揺した。

「先生方、申しわけありません。親父が失礼をして。まさかあんなこと言い出すとはおれも聞いてなくて」

入ってきたのは宗二だった。丁寧に三つ指をついて、この家から出ていけと言いに来たようではなかった。

「……あのう、さっきの話は本当なんですか。うちの兄貴が……」

張り詰めた声を聞いて、牛尾と和斉が目を合わせ、牛尾が咳払いして答えた。

「ゆかりは瘡持ちで腹にやや子がいた。杉田玄白は瘡毒を治すために亡骸が腐らなくなるほど強力な薬剤を用いたが、高価で誰でも買えるものではない。ゆかりにはお大尽の旦那がいたのだろう。ゆかりをあの墓に入れたのは恐らく、瘡毒の薬を調達した者。死んだのは首を絞められたから——だが首を絞めたのが誰かはわからん」

先ほどの朝槿の物言いより慎重なのに、宗二は気づいたらしかった。

「気遣ってくれるんですね」

「いや学者たる者、確かなことを言わねば。こいつは物言いが軽率で」

牛尾が肘で朝槿を小突く。

「いえ、はっきり言われて目が醒めました」

宗二はうつむいたまま神妙に語った。

「おれよりちびでおなごみたいな先生が親父に盾突いてびっくりしちまって。この村じや和尚でも親父に逆らえないで、皆言いなりだ。おれは情けなくなっちまって。兄貴はこの離れに引きこもって顔に布巻いて家族とろくに話もしないで死んだのに、おれは親父が怒るからって深く考えたことがなかった……おれはもう兄貴より年上なのに……」

「おれの顔は何か関係あんのかよ」

　朝槿が余計なことを言うので、いよいよ牛尾は頭をひっぱたいて黙らせた。——宗二が殊勝なのはもしかして紺之介が顔に布を巻いている姿を見て、兄を思い出したからなのだろうか。

「兄貴は権太ほど剛力じゃなかったが地獄石を動かして、ゆかりを白泉先生の棺に入れたって言うんですか。誰か手伝って、黙ってるやつがいる？」

「それは間違いがない。鬼や天狗の仕業でなく、人の工夫で何とかしたのだろう。怪力乱神は本草学者の語るものにあらず。摩訶不思議な妖術の痕跡など見つけておらん」

「そう……ですか……」

　宗二は大きく息をついた。

「兄貴はゆかりに高い薬を買ってやったからには惚れてたんでしょうに、どうして絞め殺したりなんか……兄貴は薬を飲んでいたのに……」

「まあその、そこは調べてみなければ……」

「……お願いします。正直、おれが生まれる前から好きこのんで木乃伊になった白泉先生は、いっそ売り飛ばしちまうのも手かと思ったけど、ゆかりを助平に売ったら地獄に堕(お)ちる——駄目ですよ。あんな親父でも地獄に堕ちてほしくはないです。兄貴も……病で苦しんでる声をよく聞いた。人殺しで地獄に堕ちたなんて……」

素朴な言葉に、牛尾は返事をしづらいようだった。「怪力乱神を語らず」と言ったが「地獄なんて迷信だ」とは言いにくいのだろう。

言い出しっぺの朝槿はといえば、

「仏道のことはおれにはわかんねえ、和さん」

「え、えと」

丸投げだった。

「軽輩が差し出口を挟むが」

見かねて紺之介が言うことにした。

「兄君のことは和尚に余分に拝んでもらうのがよかろう。月並みだが、宗二殿がいいことをしただけ兄君の助けになるでござる。人として当たり前のことを面倒くさがったり恥ずかしがったりしてはならぬ。父御のあやまちを正すのも孝行でござる。貴殿の功徳が家族の皆を救うであろう」

「……当たり前のことか。そうですね」

宗二はゆっくりうなずいた。

「ゆかり殿を弔う墓の仕度をお願いできるであろうか、簡単な早桶(はやおけ)に卒塔婆(そとば)でも。ゆかり殿はこの地に生まれたのだから」

「ああ、売らないなら白泉先生とは別に人並みの墓建ててやらないと。和尚に相談してみます。——先生方、親父はああだがおれは本当のことが知りたいです。ゆかりと兄貴の間に何があってあんなことになったか、ちゃんと調べてやってください。この際、金子もどうでもいい」

丁寧に頭を下げて宗二は帰っていき、そして、学者たちは今晩の宿を失わずに済んだ。

「終わりよければ全てよし！」

「人の優しさに甘えるな！」

朝槿は悪びれた様子もなく、牛尾に締め上げられていたが。和斉はまだ心配げに眉(まゆ)をひそめていた。

「調べるってこれ以上何かわかるのか？　誰がゆかりさんの首を絞めたかなんて証(あか)しようがない。牛さんは弟さんを気遣ったんだろうけど、この期に及んで丸薬の持ち主以外の下手人がいるなんて、ありえるのか」

「甕棺(かめかん)の外は調べてねえんだから、何かあるだろうよ」

「甕棺の外？」

「明日(あした)のお楽しみだ。勉強って楽しいなあ、和さん」

——また取って付けたように。

「それにしても、朝さんは畳の日焼けなんてよくわかったね。わたしには同じように見える。近目だからなのか？」

和斉は眼鏡をずらしたり戻したりして畳を凝視していた。

「ああ、この離れは建てて二十年は経ってねえって見当つけて、病人寝かせるならここだろと思って雑にかましたけど当たったな」

朝槿はぬけぬけとほざいて和斉を絶句させた。

「……かまをかけただけ？」

「いくらおれでも畳なんか替えて五年過ぎたらわかんねえよ。この村じゃ江戸で瘡をもらってくるのは男で、女は村の男からうつされる。ゆかりさんにうつした男が人目を避けて養生するならここだろ」

──五年以内ならわかるのか。それはわかる方なのか。もう嘘くらいでは驚かない。

「しかし宗二殿の兄君は、亡骸が腐らなくなるほど強い薬を飲んでいたのに病で亡くなったのでござるか？」

紺之介は不思議だった。

「水銀製剤、あんまり効かないんだよ」

朝槿はあっさり言った。

「ハッタリがすげえだけ。飲んだらパッと病が消えて失せるようなもんじゃねえ。全然何もしないよりはいくらか助かるかもしれねえ。今どき殿様や大身のお武家様はそもそも瘡毒になんか罹らないぜ。薬が効くと思って罹ってから慌てるのは半端な小金持ちだけ。杉田玄白は八十五まで生きたが瘡毒は治せなかったって泣き言言ってたらしいぜ」

「高い薬で病人から金を巻き上げていたのでござるか、杉田玄白ほどの人物が」

紺之介は愕然としたが。

「それは悪く解釈しすぎだ。疱瘡や麻疹なら五日、咳逆病みなら半月、労咳なら五年で死ぬとこ、瘡毒は十年も二十年もかけてじわじわ病みついて鼻がもげて骨が曲がって終いには頭までやられる。桁違いだ。骨が曲がると病人が痛がって泣く。家族は意外と見捨てられるもんじゃない」

「大変な病なら、なおのこと効かない薬など」

「痛がる病人を抱えたら、家族はお祓いでもまじないでも何でもいいからどうにかしてやってくれ、金なら出すって頭下げてくるんだよ。何もできない、じゃそれこそ藪医者呼ばわりだ。江戸に病人が百人いたら七十人までが瘡毒、『解体新書』の杉田玄白ともあろう天下の名医が病人から逃げるなんてできねえ」

「なな……」

凄まじい数字にまた愕然とした。

「おれが清童なのは、これも立派な理由なんだが？」

「いや、そんなのはこいつだけだ」

即座に牛尾が反論した。

「医者だって嫁をもらうし、お座敷遊びもする。まだ清童なのかお前、身体に悪いぞ」

「大きなお世話だ。その〝身体に悪い〟ってのの根拠が何か試してんだよ。何で瘡毒の現実を知っててお座敷遊びができんだよ、正気じゃねえぜ」

いずれにせよ医者から見た世間というのは紺之介の想像を絶している。

「瘡毒で骨の曲がった病人を抱えた家族に、〝これは一か八かの賭けだが〟って偉そうにお高い舶来の薬見せると喜ばれる。一か八かなんて言って負けるとは誰も思ってない。賭けってなそういうもんだ。理屈なんていいんだよ、金がかかる方が効きそうに見える――一人にそれやると、前のやつの結果が出ないうちに慌て者が飛びついてきて〝あいつに出したのと同じ薬を出せ〟ってせっつく。前のやつが治るなり死ぬなりに五年も十年もかかる。ちゃんと確かめてないなんて言えねえ」

――かくして出島の昇汞はあるだけ全てが江戸の病人の手に渡り、天下に大名医の名が轟いた。

当の杉田玄白だけが病人のその後を知り、処方を門外不出にして隠れて泣いた――

「商売があくどいとか言うのは後知恵だぜ。病人の家族に詰め寄られたことがないやつの綺麗事だ。人間、切羽詰まったら何にだってすがるし、真正面からすがられると医者も一緒に転ぶ」

ならばそれはそうだとして。

「門外不出で杉田玄白が隠れて泣いていたのを、なぜ知っているのでござるか」

「せがれが本書いて今度出すからだよ。この界隈、狭いから。――学者なんてわかんねえもんで、杉田玄白は平賀源内の親友だったのにサクッと蘭山門下に入って蒹葭堂の客分にもなって、人間関係は要領よくやってて功績も勝ち取って見えたが、栄光の影で肝心の病にボロ負けしてた。病は何も忖度してくれない」

一つ、勝ち取ってもその向こうにまた別の壁――

「水銀は祈りの石なんだ」

和斉がつぶやいた。

「千五百年も前に始皇帝は水銀の仙丹で不老不死を願い、日の本では銅で鋳た奈良の大仏様を山ほどの丹砂で全身を金色に鍍金した。疱瘡や災害から天下万民を救うための尊い誓願だった」

「〝賢者の石〟、西洋じゃ異人が水銀を使って銅や鉄を黄金に変えようとしてた。日の本じゃ足利将軍の頃だ」

〝錬金術〟――朝槿の話では、西洋諸国が水銀の研究に勤しんでいた時代があったそうだ。それによって様々な発見があったが、ついに黄金そのものだけは生み出せなかった。

「始皇帝は人並みにおっ死んで、不老不死の仙丹って触れ込みの五石散は唐でも日の本でも山ほどの病人を出した。奈良の大仏様は何度も焼けて作り直して今じゃ銅色。水銀にありもしねえ夢を見て破滅したやつは掃いて捨てるほどいる。今でも疱瘡で死ぬやつはいて、大仏様の時代にゃなかった瘡毒なんて病が増えて、巡り巡って練馬でかわいそうな女が晒しものになってる。本草学の闇だぜ」

――祈りとはただ無益なものだと言いたいのだろうか。

「ならば宗二殿の兄君は、ゆかり殿に恋慕し身を案じるがゆえ値の張る薬で病を治そうとしたのでござろう。首を絞めて殺してしまったのでは道理に合わぬのでは？」

紺之介はずっとそれが気になっていた。宗二も知りたがっていた。

「そこは男と女、清童のおれにはわかんねえいざこざがあったんじゃねえの？　何かあるんだろ、色恋には。身内に反対されてヤケになったとか」

「いきなり雑でござるな」

「どうせ女も知らんやつにはわからんとか、色に通じた粋(いき)な旦那(だんな)が決めてかかるんじゃねえか。やきもきしてる医者の気も知らないで」

――この朝槿にわかれと言う方が無理かもしれない、とは思う。

「瘡毒と水銀の二段構えではゆかりが死ななくても、腹の子は生きては生まれなかっただろうな、かわいそうに」

というのが牛尾の感想だった。

「腐って朽ちていればあの子がいたことはわからなかった。赤子など骨も残らん。あれは子とも呼べん、まだ芽のようだった。ゆかりがもう二、三日生きていれば子だけ死んで腹から流れ出てしまったやもしれん。あの子は二十年、石になってまで、あの甕棺(かめかん)の中でおれたちに取り上げられるのを待っていたのだろうか」

「感傷が過ぎるぜ、牛の字よ。おめえも大概な浪漫主義者(ロマンティクス)だな」

並みの子なら産婆が取り上げる。

地獄石で塞がれた甕棺と水銀に冒された母の胎内、二重に閉ざされた檻の中で二十年まどろんでいた胎児――全くの無辜。

生を全うして最期に己の学問の究極を遺そうとした学者とは正反対。

物言わぬ骸同士、龍田白泉は冥府の夢で生まれてすらいない子に、何か教えてやったのか――

「牛尾は格好つけたけど、ゆかりさんを悪趣味な金持ちに売れない理由は本当のとこ、公序良俗や信心だけじゃねえんだなあ」

「他に何が。瘡がうつるのでござるか」

「そんなんじゃねえけど。――鼻から臭い汁が出るんだよ、ゆかりさん」

朝槿は自分の鼻を指先で小突いてみせた。

世の中は『古事記』の時代から何も変わっていなかった。

七

安眠というわけにはいかなかった。布団が暑くて石の赤子になった夢を見た。狭い闇から出られない。いつまでも。母の声ばかり聞こえるのは悪夢だ。

明け方にかすかに鶏の声を聞いたきり、紺之介は目が冴えてしまった。

襖を少し開けて座敷を窺ったが、雑魚寝の皆は高鼾だった。

紺之介は脇差だけ持って外に出て、晒し布を解いて井戸の水で顔を洗った。布が鬱陶しかったのもある。薬は古くなるので毎朝、洗って落とした方がいいらしい。

古い薬と寝汗を洗い流すとさっぱりした。沁みるような傷はもうなく、手で触れると腫れは引いている。今日は薬を塗らなくていいのではないだろうか。布や紙はやはり息苦しい。

まだ朝日は昇っていないが空は白々として小鳥が鳴き始めている。江戸市中では雀や鳩、烏ばかりだが、ここでは普段聞かない高くて澄んだ声がする。遠くでは馬もいないているようだ——

紺之介が農村の空気を満喫していると、男と女が離れに向かうのが見えた。女は百合だ。うかない顔をしている。男は四十くらいなのか、髷がところどころ白い。年の頃からして百合の父親か——

「学者の先生、学者の先生」

男の方が離れの戸を叩き始めた。紺之介は寝起きの姿で声をかけるのが決まり悪い。布がないのが不安でもある。井戸端からなりゆきを見守っていると、誰かが戸を開けた。

「何ですか、朝から」

声からして和斉だ。

「おたくの、顔に布を巻いた弟子だか小使いだか」

男の声は低く抑えて剣呑な調子だ。

「紺之介さんですか？」

「そいつだ」

自分が何だと言うのか――

男はとんでもない話を始めた。

「昨日、うちの百合が夕食を片づけて帰るときに、道端で抱きついてきて手籠めにしようとした。幸い、手に噛みついて何とか逃げてことなきを得たが、嫁入り前の娘に何をしてくれるんだ。わしらが泣き寝入りすると思ったら大間違いだぞ。お庄屋さんに言いつけようかとも思ったが、変な噂でも立ったら百合がかわいそうだ。ことを荒立てたくない――」

聞いていてぞくっとした。紺之介にはまるで憶えがない。

百合は男の後ろで黙ってうつむいている、その姿が痛ましい。襲われたというのは、嘘ではなさそうだ。

可憐な百合がひどい目に――可憐だからだ。か弱いからだ。心の臓が躍って顔を洗ったばかりなのに全身に汗がにじんだ。

次いで怒りがこみ上げた。卑劣な輩が百合を嬲って慰みものにしようと――

「はあ？　何かの間違いでしょう」

深刻な話題なのに、応じる和斉の声は軽かった。

「百合が嘘をついていると言うのか」

「いえ、紺之介さんはああ見えて女人ですよ」

「何を言う。誤魔化されんぞ。女があんななりで、ありえん。言うに事欠いて、ふざけるな。気味の悪い」

それを聞いて、頭の中で何かが外れた。

――女がそんな格好して、気色悪い。何様のつもりよ。馬鹿にしやがって。

あの日聞いた喚き声が脳裏に蘇った。

和斉は喋り続ける。

「信じられないでしょうが、あの人も嫁入り前の娘です。間違いない。証を見せろと言われると困りますが……娘が娘を手籠めにするなんてあるわけないじゃないですか。きっと顔を布で隠せばあの人のせいにできると思って、誰か別の人が――」

心が切り刻まれるようだ。

いても立ってもいられなくて、紺之介はわけもわからず大声で叫んだ。

男が振り返り、百合が振り返り、和斉も振り返った。

男は紺之介を見つけたら怒り狂って摑みかかるかと思ったがそうでもなく、たじろいだ様子だった。百合は顔面蒼白で口許を押さえて一言もない。

紺之介は何か喚いたが、自分でも何を言っているのかわからない。恥ずかしさと悔しさで目がくらみそうだ。

頭に血が上るまま、紺之介は走り出した。

走ってすり切れて、この世から消えてしまえればよかった。身体に火でも点(つ)いていればよかったのだ。

誤解だ、と言えばよかったのか？

言ってどうする。

誤解も何も正しいのは百合の父で和斉で百合で——あの女だ。

正しくないのは自分だけ、いつだってそうだ。

本当のことなど言えはしないのだから、逃げるしかないのだ。

淵(ふち)でもあれば飛び込んでしまいたいところだったが、生憎(あいにく)とそんな場所を知らなかった。石神井川。行きに見かけた河原や橋へはどう行けば——

紺之介がこの村で知っているのは三か所だけだった。庄屋の家と寺と墓場。

寺には和尚がいる。見つかったら説教されてしまうだろう。墓場はいかにも人気がなさそうだった。

新しい卒塔婆(そとば)のそばに丁度、身を隠せそうな笹藪(ささやぶ)があったのでそこに座り込んで、日が高くなるまでずっと泣いていた。腹がぐうぐう鳴ったが、飢え死にできるものならしたかった。地べたで干涸(ひか)らびている蚯蚓(みみず)が羨(うらや)ましかった。己を恥じて次の輪廻(りんね)を選べる蚯蚓の潔さ。あれほど思いきりがよければ、生き恥など晒(さら)さずに済んだのだ。

いっそ人になど生まれたくなかった。自分も母親の腹の中で石になっていればよかった。ゆかりの子は生きていれば紺之介より年上だ。

生まれる前から墓の中にいればよかった。そうすれば誰も傷つかず家族の恥になることもなかった。

祈りの石。水銀ではなく。石の胎児は究極の姿だ。拒まれても母にしがみつき続けた。生死や愛憎を超えて。

紺之介の母は四人の子を産んだが、男の子は一人だけだった。兄は跡継ぎとして溺愛された。生まれてすぐ麻疹に罹ったが、母は必死で水垢離してその命をつなぎ止めた。蒼右衛門の首にはその痕がわずかに残っていて、しばしば語り草になる。

紺之介は三番目の子。すぐに妹が生まれて子守りに預けられた。姉ほど頼もしくなく妹ほどかわいげもない。

恐らく紺之介が麻疹になっても母は一顧だにしなかっただろう。

母の胎内にこびりついて出てこない、自分で選べればよかったのに。

もう涙も涸れ果て、ひたすら虚無に浸っている頃、朝槿が通りかかった――と言っても紺之介を捜している風情ではない。着物は昨日と同じ十徳に裁付袴だが柄付きの桶になみなみと水を入れ、柄杓と藁束のたわしを持っている。どこからどう見ても墓参りの格好だった。よそ者なのに参るような墓があるのか。

今日は三人でゆかりが死んだ真相を調べるのではなかったのか。なぜこんなところに

――ああ、地獄石を――

目敏い彼は笹藪の中に紺之介がいるのを見咎め、わざわざ桶を置いて前まで来てしゃがんで声もかけた。

「……おめえ、すげえぞ」

一人なのになぜか口許に手を添えて声をひそめていた。

「顔の痣が、一昨日赤かったのが昨日青くて今日紫色で、顔中まだらになってやがる。明日から黄色くなって消えてく。もう薬はいらないけどまだ布で隠した方がいいぜ。おれじゃなきゃ小便チビるところだ。墓場にそんなの出来すぎだ」

どうでもいい。

「濡れ衣ならもう晴れてる。晒し布を巻いておめえのフリして娘を襲ったの、嘉一郎だったよ。手にバッチリ娘の噛み痕がついてた」

慰めのつもりなのか、朝槿は聞きたくもないことをペチャクチャ喋った。

「あいつフラフラいなくなってどこで何してんのかと思ってたが、今どきの餓鬼は何考えてんだかなあ。牛の字が殴って説教して二人で頭下げて、今頃、寺の本堂を掃除してる。今日からあいつだけ小僧に交じって水汲み薪割り飯炊きして、寝泊まりも寺だ」

――お仕置き係をさせられる霊禅和尚の方が大変だろう。

「誤解は解けたのに当のおめえはどこで何してるって牛の字も和さんも心配してんぞ。そもそも誤解してたのは娘の親だけなんだけど。和さんは罪だな。おめえはずっと一緒にいたって言えばよかったのによ」

和斉の名を聞くと胸が痛んだ。彼の罪ではない。

「——朝槿殿は、誤解もないのに拙者がなぜ逃げ隠れしているのか理由がわかるのでござるか」

紺之介が自嘲交じりに言うと、朝槿は首を傾げた。

「おれが見たまんま本当のこと言うと、おめえは怒ると思ったが、いいのか？」

「本当のことか。拙者の何をわかっていると言うのか、ぜひ聞かせてもらいたい」

きっと紺之介は投げやりになっていた。

「まあこんなとこ他に誰もいねえしなあ——おめえのその顔やったのも女だからだろ？　おっ母さんなんかじゃねえ色っぽい女だ。〝といちはいち〟ってやつだろ、おめえ。女同士でいちゃつくの」

朝槿は得意げでもなくあっさり言ってのけた。

「おめえにも女に嚙まれた傷がある、その顔をやってうちに駆け込んできたときの。もう塞がってるか。まだ膿んで痛いか？」

口を開けて指さす。

「口の中。口吸いしようとして相手が抗って嚙まれるの。嘉一郎の手の傷とか、ああいうのおれはまとめて〝ヤンチャ傷〟って呼んでる。普通、女が嫌がって男に嚙みつく。色気づいた男が女に嚙みついたら逃げられちまう、昂ぶった勢いならもっと別のとこだ」

彼は話し続けた。紺之介の行動を見てきたように。

「あの日、うちに来てから顔が腫れ始めた。八丁堀よりもっと近くから走ってきた。根津の岡場所じゃ近すぎて騒ぎがありゃ日暮里の村のやつに聞こえる。もう少し遠い。浅草の陰間は女の客も取って口吸い嫌がられねえって話だ。浅草じゃねえとなると、吉原だ」

この男は当て推量で出鱈目も言う、何か外したら即座に言い返してやろうと思ったのに——何一つ外さなかった。

同じ場所で同じものを見て、和斉は少しもわかっていなかったのに。

あの日の遊女と朝槿では全然顔かたちが違うのに、重なって見えた。

最初は穏やかに笑って、優しかったのに——

「嫁入り前の娘、何日も練馬に泊まって同心の兄上が気にしねえはずがない。はなから吉原に三、四日しけ込む算段で親戚の家に行ったことにでもなってんのか？　小遣いいっぱいもらって——」

朝槿が言い終える前に手が出ていた。

紺之介は朝槿のみぞおちを拳で打っていた。朝槿がよろめき、咳き込んで、それを聞いて我に返った。

己の恥を知られたからには、殴ってしまったからには、やるしかない。今。

紺之介はすらりと腰の刀を抜いた。朝槿のような無様なことはなく、正眼にかまえる。

「貴殿も刀を抜け。正々堂々、果たし合いだ」

ここなら邪魔も入らない。

朝槿の方は咳き込んで口を押さえ、目が惑った。

「お、おめえが本当のこと言えって言ったんじゃねえかよ。果たし合いって急にそんな、何で……」

「腰抜けの女男、刀が泣いておるぞ！　拙者と勝負せよ！」

紺之介は堂々と言い放った。朝槿はどんどん腰が引け、切っ先を見て寄り目になる。

「冗談じゃねえよ、おめえの方が強いに決まってる。おい、武士なら弱い者いじめはよせ。学者に一騎討ちの風習はねえんだ。わかんねえけどおれが悪かった。せめて刀はやめろ。二、三発ぶん殴ってもいいから。気が済むんなら」

弱々しい声で寝言をほざく。

「人を侮辱してただで帰れると思うな！」

「侮辱って、だから……」

「女のくせに阿呆（あほう）で浅ましいと思っているのだろう」

「そんなこと言ってねえよ。男が好きな男がいるなら女が好きな女もいて当然――」

「お前は和斉殿のことも拒んで、清らかで欲とも俗とも無縁で！　愚か者を見下して楽しいか！」

紺之介の方は悲鳴のような声が漏れた。

それで肚（はら）が決まった。

──兄の命令などなくとも、絶対に生かしておいてはならない。

「戦わんなら殺す！」

言い放って、紺之介は打ち込んだ。

首を狙って振りかぶった一撃は、朝槿が横に飛んで躱した──蛙みたいに四つん這いで、みっともない。

「逃げるな！」

「無理だよ！」

朝槿は立ち上がって卒塔婆の後ろに隠れようとする──卒塔婆の一本くらいはたやすく両断する。十徳の胸紐も切った。

後ずさる朝槿の首に一撃──入れようとして、彼がしゃがみ込んで外した。腰を抜かしたのか。

うっかり、後ろの卒塔婆に切っ先を引っかけた。

刀の真ん中辺りなら勢いで斬れるのだが、切っ先だけでは卒塔婆にくわえ込まれて動けなくなる──

紺之介はさっさと刀を諦めた。

朝槿の肩を摑んで一発、腹に膝蹴りを入れた。今日もへどを吐かせてやるつもりで。

動けなくなったところで、朝槿の腰の刀に手をかける──刀は何も自分のものを使わなければならないということはない。敵の武器を奪うのも戦場で生き残るすべだ。

「駄目、それは——」

朝槿が刀の柄を押さえようとする。もう少し弱らせて戦意を喪失させてからがよかったか——足を踏み込んで——

急に鈍い音がして、ふわりと足下が頼りなくなった。

めまいのような感覚の後、視界が真っ黒になった。策略？　何か朝槿にできることがあったか？

違った。

紺之介は膝をついた、ということは落っこちた。どこに——

答えはすぐ目の前にあった。

黒い土から鉄鍋をかぶった髑髏がはみ出していた。なぜか上下に二個並んでいた。黄色くなった歯の隙間から、白い芋虫が一匹這い出していた。

悲鳴を上げることすらできなかった。紺之介は古い木棺の蓋を踏み抜いて、どこかの墓穴に落ちていた。朝槿がか細くうめいていた。

「……こ、紺之介さん、そこをどいてくれないとおれは埋まって死にます。息が詰まります……助けて……首が曲がる……」

——彼でも、命の危機には敬語を使うらしかった。掛け値なしの心からの命乞いだ。

紺之介は朝槿の仰向けの腹の上に座り込んでいた。道理で柔らかいはずだ。

誰が止めに入っても紺之介は朝槿を殺すつもりだったが、目玉のない名も知れぬ髑髏二つに見られていては、果たせそうもなかった。ここには誉れも恥もなかった。

大した深さではなかったが、墓穴から這い出して朝槿のことも引っ張り出してやるのにどれくらいかかっただろうか。二人とも髪も顔も着物も泥まみれになって、朝槿は地面に両手をついてしきりに唾と土を吐き出していた。

「……医者のくせに薬師如来の浄土じゃねえとこに行きかけた……」

紺之介は息が切れていた。

「貴殿でも死ぬのは怖いでござるか」

「おめえは怖くないのか」

「絶対に畳の上で死にたい。誰でもよいから皆に看取られて惜しまれて泣かれたい。少なくとも三人はほしい」

「おれも大体そんなとこだ。土中入定なんてごめんこうむるぜ」

朝槿はうつぶせでへたばったまままつぶやいた。

腐敗臭はなかったが土の臭いがいつまでも鼻に詰まったままのようだった。紺之介は仰向けに寝転がっていた。墓場からでも空は青く見えた。

あれほどあった恥も怒りも土と死の底に置いてきてしまった。今朝から見ていた悪い夢が今、終わった風情だった。

「――ところで気になってたんだが、女の細腕だけでそんなにできるか？　吉原の用心棒ってな顔を殴るもんか？　やつらは見えるとこに傷を残したりしねえと思ってた」

ここに来て、腫れ物に触るような朝槿の口ぶりがおかしい。

「全て敵娼にされたのだ。用心棒は止めに入った。……皆と同じように吉原で美しい夢を見たかっただけなのになあ……」

これは推測だが、吉原には女の客を遇する決まりなどない。出入りの商人以外、女らしい女は大門ではねるだけだ。

あの日、出会った遊女は﨟長けておとなしげな顔で一目で惚れ込んだ。武家の――同心より上の家の出で、父を亡くして幼い弟のためにまとまった金子が必要になったとか。話している間は穏やかで優しげで、床入りも彼女の方から促してきたが、肌に触れた途端、豹変した。

紺之介に噛みつき、突き飛ばして、煙草盆の角で殴りつけてきた、何度も。罵声を浴びせながら。

紺之介があの日だけおかしな格好をして、からかいに来たのだとでも思い込んでいたのだろうか。気色の悪い男女、同心風情、どれもこれも聞き慣れた言葉だったがいつになく心に突き刺さった。

煙草盆の角で何度もぶたれ、血も出たが、女相手に反撃などできなかった。

騒ぎに気づいた用心棒が医者を呼ぼうとして、紺之介は吉原の医者になどかかれないと飛び出した。

家に連絡されたら死ぬしかない。

しかし顔に傷があっては家にも帰れないので、日暮里に向かうことになった――

「そりゃ気の毒というか……まあへのこがでかすぎて追い出される男もいるって話だ」

「それはいい。男でも誰もが受け容れられるわけではないか」

気まずげな朝槿に、力なく笑ってみせることすらできた。

「――おめえはいいよな」

「は？」

「いや、遊郭が好きならわかりやすいだろ。遊郭が嫌いなんて誰もわからねえんだ。白粉臭え女にベタベタ触られても気色悪いだけで楽しくねえって言っても信じない。さてはおめえ男色かってそればっかり」

朝槿は自信家で傲岸不遜なのだと思っていたが、墓場の土を喰らったせいで気弱になったのか、急に弱音を吐き始めた。

「こちとら、女を知らなきゃ屁垂れの半人前だって吉原やら丸山やらに無理矢理連れてかれて。いつもどうにかして布団部屋に逃げ込んで、師匠にも兄者にも怒られる。女に恥かかせるなって。健康の秘訣は飯も眠りも色もほどほどの八分目でちょっと我慢するくらいが〝普通〟で全然興味ねえのは〝おかしい〟って――牛尾まで親切ごかして身体に悪いとか言うしよ」

男には男の苦労があるらしかった。

「和さんはおれが俗を超越した〝久米の仙人〟だって崇め奉るけど、仙道の術なんか使えるようになってねえぞ。色欲が薄いだけでそこまで持ち上げられるのもむずがゆい」

久米の仙人や鳴神上人、清童の聖人が色欲に惑って神通力を失うおとぎ話はいくらでもあった。——確かに朝槿は勘がいいが、紺之介の女色趣味や畳の古さがわかるのが神通力かと言われると。

「大体清童が身体に悪いって何だ。食わなかったら死ぬ、眠らなかったら死ぬのは道理だが色欲がなかったら死ぬって誰が試したんだ。御家のために嫁取りして子をなすのは兄者がやってるし、三男のおれが親不孝に野垂れ死んで何か悪いのか」

「悪いと言うか……それほど嫌ならいっそ頭を丸めて仏門に入ってみては？」

「坊さんも陰間を買ったり女を買ったりしてるんだろ。おめえの言う通りだ、おれは世間の人間が揃って阿呆で浅ましい助平なのにうんざりしている」

「そういう意味ではなかったが」

——いつの間にか紺之介が慰める方になっていた。一体何の話だ、と紺之介が悩んだとき、朝槿が一手進めた。

「……おめえ男のなりしてその先、何になる気だよ」

「わからぬ。説教なら御免だ」

——そう言われるのが嫌で、ずっと黙っていたのだ。見え透いていても——

こんな男でも、次は「諦めて嫁に行け」と人並みのことを言うのか——

「〝男のフリしてる女の医者〟はどうだ。手伝うぜ。牛尾はもうおめえのこと、おれの弟子だと思ってるんだし」

　だが朝槿は予想外のことを言い出した。

「女は男の医者にかかりたがらねえから、世の中には女の医者が必要なんだ。格好だけ男のフリしろって、師匠が無茶な命令してることにしようぜ。一人でも真に受けりゃいいんだ。言ってりゃそのうちどさくさに紛れて男の医者と一緒に遊郭行けるかもしれねえし、どさくさに紛れて嫁をもらえるかも」

「な、何を言っているのだ」

　紺之介は身体を起こした。朝槿はとっくに起き上がって口を拭っていたが、どこもかしこも泥まみれで大して綺麗にならない。

「本当のことを言いたくねえなら、もっと嘘を盛れよ。何でもすりゃいいだろ。武家よりは医術や学問の方が融通利くぜ。学問なんてな元々、あぶれ者が働いてるフリするための道具だからな」

　あんまりな言い草で、紺之介の方がたじろいだ。

「貴殿は学者でありながら学問を冒瀆している」

「学問は冒瀆なんかされねえよ、不純なおれたちが痛い目見るだけだ」

「そう、不純だ。医術や学問を貶める」

「動機は皆、不純だよ。おれだって成り行きでやってんだ。皆、最初は次男だから三男だから、病弱だからって言いわけしながら始める」

「朝槿殿は学問に命を懸けているのではないのか！」

「命を懸けたくらいで何かになれるか！」

朝槿がこちらを向いた。泥まみれの顔の中で目と歯だけが光って、鬼のようだった。

「志や真心に学問が応えてくれるか！」

凄まじい形相で鬼が吼えた。

「やる前から出る杭を打たれる心配とはいいご身分だな！　どうせ無駄だよ。学問てな賽の河原の石積みだ！　大方、鬼に崩される。意味ない、わかってんだ！　言われなくたってわかってんだよ！　ちょっと才があったくらいじゃ何もできねえんだ！　世の中は変わらないし病で人は死ぬ、死んだらお終いだ！　何もできないまま老いぼれて死んで……」

言葉になっていたのはそこまでで、急に聞き取れない喚き声になった。子供がどれだけ大声を出せるか試すように、意味のない金切り声を上げる——大人がそんな風に喚くのを耳にするのは、紺之介には生まれて初めてだった。昼日中で、朝槿は酒も飲んでいないのに。地べたにひっくり返って手足をばたつかせもした。

具合が悪くて叫んで暴れているのかと思ったが——

これはもしかして、泣いている。

紺之介ははたと気づいた。

朝槿は転んだ子供みたいに人目も憚らずに喚いて涙を隠そうともせずに転げ回ってい

た。やはり身体の具合が悪いのでは——紺之介は当惑したが。

よく考えたら、紺之介は朝槿に組みついて殺そうとして墓穴に突き落として髑髏と対面させ、土を喰わせた。

大の男でも怖くて泣き出して当然だった。

墓穴の底で泣くならともかく穴を出て随分経って今更なぜ、と思うだけだ。

飴売りの前で転がって駄々をこねているようで、大分みっともない。もっと声を殺してはらはらと涙をこぼしたり、しくしくと綺麗に泣けないのだろうか。

雛人形の首をうっかりもいで、妹ばかりか姉まで泣かせてしまったとき以来の気まずい修羅場だ。ついに年上の男を泣かせた。兄より年上だ。

「——やめ、仕切り直し。また今度な」

おかげで朝槿が急に泣きやんでむくりと起き上がったとき、何の話をしていたか忘れていた。泣き出したときも突然だったが、正気に戻るのも突然だった。

「用事、用事があったんだ」

朝槿は多少照れくさそうに泥だらけの袖で洟をかんで、立ち上がり、桶を取った。

紺之介は呆然として、朝槿が桶の水で龍田白泉の墓穴のそばに置いてある地獄石をざぶざぶ洗うのを眺めていた。

四角い石に柄杓で水をかけ、たわしで擦って汚れを落とす。そのうち、土の色が消えて胡麻粒のような模様の入った灰色の地肌が現れると、朝槿は嬉しそうな声を上げた。

「ほら、な！」

——何が「ほら、な」なのか。自分も泥まみれなのに顔も洗わず石を洗っているのだから、この男はあまり頭がよくない。

しかも全部は洗わずに一寸四方だけでやめ、紺之介を呼びつけて何やら縄の端を持たせた。縄には一寸ごとに黒い印がついて尺になっていて、それで石の縦横、厚さを測った。出先で珍しい木など見つけたときのために大工が使うような長い尺杖（しゃくづえ）をいつも持って歩くのは大変なので、大まかに縄で測ることにしているらしい。縄なら巻いていればかさばらない。

しかし寸法を測ったくらいで、こんな大きな石を動かす方法が見つかるものか——

「用は済んだ。寺に行くぞ」

朝槿は縄を手繰って懐にしまい、ついに顔を洗うことを思いつかないまま、桶を持って歩き出した。

「風呂（ふろ）を施してもらうのか」

紺之介もいい加減、墓場に飽きた。朝槿の後を追う。

「それもいいが、ゆかりさんの死の真相を調べるのに、和さんと牛の字二人で八十年分の過去帳見てる」

「五十年分ではなく？」

「隅から隅まで見ろって話だ。どこに何の手がかりがあるかわかんねえ」

「今更手がかりなど何になるのでござるか」

「何にでもなるさ。人間は何にでもなる、天狗でも木乃伊でも仏でも」

選べる幅が広いような狭いような。

「ゆかりさんを赤の他人の墓に閉じ込めた手管、解き明かすぞ。鬼や天狗しか開けない地獄石を人の知恵で動かすんだ」

紺之介は鬼にも天狗にも木乃伊にもなりたくはない。

並みの男になりたいだけなのに、医者やら学者やらになれなんて、どうしてこんなおかしなことに。

八

宗二のはからいで、牛尾がゆかりの〝嫁ぎ先〟を思いついたのだということになった。見え透いていただろうが、「真相がわかった」では宗兵衛は顔を出してくれそうになかった。

夕食の後に、学者どもは庄屋の母屋の座敷に招かれた——昨日とは上座と下座がそっくり逆だ。

庄屋側の下座に百合が父と母と一緒にいた。ゆかりの父母はもう亡く、身内は百合の母のおゆい一人。おゆいは自分だけでは決めかねると、夫と娘も連れてきたらしい。

やつれた中年女が大昔に死んだ姉をどう思っているかは定かではなく、おどおどと目を逸(そ)らしては隣に座った夫の袖をぎゅっと握っている。夫とやり手の庄屋が何とでも決めてくれればそれに従うと言わんばかりだ。

紺之介は顔に晒(さら)し布を巻いていた。自分で鏡で確かめてもまだ人に見せられる代物ではなかった。

母屋の座敷は離れよりも立派で欄間に透かし彫りがあり、襖(ふすま)には山の絵が描かれている。床の間にはこれ見よがしに絵付けの焼き物が置かれ、なぜだか大きな瓢箪(ひょうたん)や獣の頭の骨なども並んで、白磁の花瓶に芍薬(しゃくやく)だか牡丹(ぼたん)だかの花まで活(い)けてあった。花の外側は薄紅だが内側は黄色い。下手な武家よりも豪勢に暮らしていた。

「おお、見事な翁咲(おきなざ)き。花は桜木、人は武士、なんて言うが、やっぱり芍薬の豪華絢爛(けんらん)なのは一際見応えが――」

「世辞は結構」

朝槿は芍薬にまでお世辞を言って宗兵衛に遮られていた。昼間、泥人形同然のどうしようもない格好をしていたので、寺でもそのまま風呂に入ってくれるなと井戸端で水を浴びせられ、苦心惨憺(くしんさんたん)して艶(つや)やかな髪の美貌(びぼう)の本草学者に戻った。彼の入った後は風呂がサボンの泡だらけで、紺之介は自分の身体を洗いながら風呂掃除まですることになった。朝槿の半分結った禿髪(かぶろがみ)に十徳姿は、隠れた犠牲に支えられていた。

宗兵衛は煙管(キセル)に刻み煙草を詰めて一吸いした。

「昼間は随分と長く寺に入り浸っていたようじゃが、和尚と〝木乃伊を売ってはいけない理由〟でも考えておったのかね」

——初老の庄屋はこちらの思惑など見透かしているようだ。霊禅和尚はそこそこの豪農の次男で宗二と親しく、こちら側なのは宗兵衛も織り込み済みだった。

「おゆいとはもう話がついている。こちらはこの二十年、ゆかりが恨んで化けて出てきたこともなく、木乃伊がどこにあろうがかまわないとのこと。うちのせがれがゆかりを絞め殺したなどとんだ言いがかり、ゆかりは己で首をくくったんじゃろうと申している。今更、親不孝で勝手な姉がどうなろうと——」

「それはそうでやしょう。いや早まってとんだたわごとを申しやした。駄目ですねえ、証が出揃ってないうちに決めつけで話しちゃ」

宗兵衛は圧をかけようとしたが、朝槿はあっさりと躱した。引き下がるとは思っていなかったのか宗兵衛は目を細めた。

「言いがかりだったと認めるのか？」

「へえ。慌て者の学者ってのはよくねえ。ゆうべのは全くの勇み足でした。面目ない。出島帰りの神童のと褒めそやされてきたせいで、ちと天狗になってたらしい。庄屋さんには申しわけねえことを」

朝槿は畳に手をついて頭を下げさえした。

「——宗一さんは人殺しではありやせん。軽々しく死人を貶め、ご家族には大変失礼をいたしやした」

朝槿だけでなく牛尾と和斉も頭を下げた。松順は多分ぼんやりとして話を聞いていない——一応、紺之介も多少は下げることにした。こうなったら一蓮托生だ。

「——非を認めると言うのかね？」

流石に宗兵衛の声には多少動揺があった。若い学者の鼻っ柱をへし折る目算があったらしい。

が、朝槿は鼻高天狗ではなく、人喰いの知性鬼だった。人を喰らっただけ強くなる——昼間の墓の朽ちた骸からも何らかの力なり教訓なりを得たらしく、紅も引かないのに唇が赤く濡れていた。

「へえ。——ところでおゆいさん、ゆかりさんの許婚の正吉さんが亡くなったときのことですが」

と朝槿は横を向いておゆいを見た。

「ゆかりさんがいなくなったのと正吉さんのお弔いと、どっちが先ですか？」

声をかけられると思っていなかったおゆいは夫にしがみつき、半ば陰に隠れた。

「姉貴の許婚のお弔いに行ったでしょう。それとも行かなかった理由が何か」

「大事なことです。よく思い出していただきたい」

朝槿だけでなく牛尾も身を乗り出すようにして尋ねた。

「行った……はずですね。ええ。どうして……そう、どうしてこんなときに姉がいないのかと思っていました。姉と正吉さんは稲を刈ったら一緒になる約束で……あれは姉がいなくなってすぐで、どっちが先とは……」

消え入りそうな声でおゆいは答えた。

「ありがとうございやす！」

朝槿は素早く頭を下げて今度は宗兵衛を見た。

「で、庄屋さん、この村じゃ心中、相対死（あいたいじに）が出たらどうするもんでしょう」

「相対死？　妙なことを聞くな。生き延びた方を人殺しの下手人として捕らえる。二人とも死んでおれば弔いをせず野に打ち捨て、鳥や山犬が喰ってもかまい立てせぬ。よそと同じじゃ」

宗兵衛はうさんくさそうに目を細めながら答えた。

情死や心中を美化することを禁じたのは八代吉宗公だった。〝相対死〟と呼ぶことになり、芝居や戯作（げさく）の題材にするのはもとより読売に書くことすらできなかった。切腹など覚悟の自死こそ尊いもので、色恋のような気の迷いから死を選ぶのは頽廃（たいはい）、惰弱であるとされた。

「──実はですねえ。ゆかりさんは心中の先に死んだ方だったんですよ」

「は？」

「首の絞め痕が、横に絞めたのと斜めに絞めたのと二つあった。何せ二十年経ってて皮がボロボロで見分けづらいが、よくよく見ると殺されたとき真横に絞めた痕と別に、死後にくった痕がある」

朝槿は手刀で自分の首を横に切ったり斜めに切ったりしてみせた。

「絞め殺されてから吊るされたんです。生きてるときに絞めた痕と死後についた縄の痕は違うんです。首を吊ると身体の重みで引っ張られて首が伸びちまうんですがね。縄が切れるなりして中途で落っこちちまったんでしょう。――白泉先生がいい手本でね。亡骸ってな三魂が失せちまうと七魄の残った身体が固まって、棒みたいにガチガチに硬くなる」

――死後は亡骸が硬くなったり、また柔らかくなったりするそうだ。季節によって違うのを、僧や墓掘り人は具合を見て手足を折り曲げて座棺に入れる。畳の上で仰向けに寝そべって往生したまっすぐな亡骸は頃合いを逃すと、座棺に入らずに手足を無理矢理へし折って入れることになって家族に申しわけがない。

龍田白泉の場合は臨終してすぐ、硬くなる前に弟子たちが棒や板にくくりつけて結跏趺坐の姿勢を作ったことが、縄の痕でわかる――

「ゆかりさんも足にくくった痕があるんだ。首は力をこめて絞めたせいで皮がずる剝けなんだが、足の方は縄目まではっきりわかる。死んで、身体が固まる前に足を揃えて縄でくくったんだと。そのくせ手は自由にしてある。こりゃ女が自害するときの作法だ」

「じ、自害ならやはり己で首を吊ったのではないか」

「自分じゃ傷痕がつくほどくくれねえ、痛い。加減しちまう。他人の細工です」

「どういうことだ」

「ゆかりさんは絞め殺された後に一回、首を吊った格好で固まってた。そのときは左右で足を揃えて、まっすぐにくった痕がついていた。だが今は縄目の痕が左右でずれてる。死んで何日か経って亡骸が柔らかくなってから甕棺に丸めて入れたんだ。そのときに左右がずれた。今、右足と左足の縄の痕がまっすぐじゃない理由はこれしかない。死んだ後に縄をくったやつと別に、外したやつがいる。外したのが宗一さんだ」

話がコロコロ変わって、老練な庄屋の宗兵衛が泡を喰った。

「お、お前、先ほどせがれは無実じゃと言うたではないか」

「殺してはないが、宗一さんが白泉先生の甕棺に入れた。それは確かです」

「言葉遊びか、どう違う」

「全く違いやすよ。ゆかりさんを殺したのは許婚の正吉です。過去帳に命日が書いてあった、享和四年五月十五日。空豆の季節だ。過去帳にはバッテンもついてた。和尚いわく首（くび）吊りだの人聞きの悪い死に方したやつには、寺の掟（おきて）で名前にバッテンの印がついてんだって。許婚が神隠しに遭って三日やそこらで首くったってよりは、こいつが殺した亡骸を宗一さんが盗んだんですよ」

「い、許婚がなぜ心中する？」

「するだろうが、てめえの女がよその男に孕（はら）まされて瘡毒（そうどく）の薬をもらってんだぞ！　てめえより金持ちの男にだ！」

赤い唇がくわっと開いて獲物を狙い定めた。頭に血が上って切れ長の瞳に火が点るのが横からも見えた。

「間夫の子を孕んで瘡毒をやった女に〝そうか、おれのことは忘れてよそで幸せになってくれ〟なんて殊勝なことを言う男がいるかよ！　生きるの死ぬのの大修羅場だ！〝これと言うのも甲斐性のないおめえが悪い〟なんて言われたら逆上する！――男が二人で女が一人。こういうとき、間夫にぶつかる男と、女に当たり散らす男の二種類に分かれる。大体は女に当たり散らす。血を見る騒ぎも珍しかない」

――この説では、あるいは正吉も瘡毒に罹り、宗一とゆかりの関係に気づいたという、より残酷な解釈もある。

あるいは瘡毒に最初に罹ったのは正吉だったのか。

いずれにせよ、杉田玄白の丸薬は二人分。病人は三人。

――ならば薬が手に入らない正吉は他の道を選ぶ。

「正吉が殺したなら、宗一さんはてめえとゆかりさんと二人で生きていくつもりで、水銀製剤を二人分用意したってのも不思議はない。ゆかりさんを殺したい男と生かしたい男は別だったんだ」

「だ、だがなぜわざわざ宗一はゆかりを白泉塚に」

「あんたがさっき言っただろ、相対死は弔いなしで犬に喰わせるからだ！　そうなってりゃ正吉も過去帳に名前が残ってねえとこだった。惚れた女の亡骸、何としてでも取ってきたいってやつもいるのに、むざむざ犬に喰わせる手があるかよ」

――神代の頃から、愛する女の亡骸が腐って朽ちて美しさを損なうのは、日の本の男には最も悲しく耐えがたいこと。貴族や神でも。

天然自然に反しても妻の亡骸を美しくとどめておきたい、そのためなら何でもするという男はいくらでもいて、数々の文学が世に生まれた。

なのに、何もできないなんて。

「わけを知らない村の皆に土下座して、おれのせいだからゆかりさんだけ別に弔ってくれなんて言うのか？　息子がそんなこと言い出したってあんたは面倒だと思うだけだろ」

「わ、わしは」

名指しされて宗兵衛は身がすくんだようだった。

「あんた、宗一さんが二人を殺したなら役人に鼻薬かがせて必死で何とかしただろうが、正吉とゆかりさんの心中なら勝手に死にやがった、犬に喰わせて何が悪いってなもんだったろ。どうせ赤の他人だ。死んじまったもんはしょうがねえ。そんな女のことは忘れて、宗一さんにてめえの身体を養生しろ、元気になったらよその女を嫁に取ってやるとか何とか言って終(しま)いだったろ」

宗兵衛は二の句も継げなかった。彼は現実主義――一文にもならない息子の恋心に洟(はな)も引っかけなかったに違いない。

「あんただけじゃねえ。好いた女の骸(むくろ)が犬に喰われる瀬戸際に、この村に宗一さんに同情して協力してくれるやつぁ一人もいなかった。元々宗一さんの方が正吉の許婚に手ぇ出した間夫なんだから、貧乏人で立場の弱い正吉に肩入れするやつもいただろう。三人とも生きてるときなら宗一さんも同情されたが、二人も死んじまったんだから。向こうの方こそ死ぬほど思い詰めて気の毒にって、そうなるぜ」

ゆかり本人が死んでしまうと、宗一の世間に許されない恋はいよいよ許されない部分ばかりが残った――

「正吉とゆかりさん、二人並んで首吊ってぶら下がって、書き置きなんかもあったのかもしれねえが、追い詰められた宗一さんはゆかりさんの亡骸だけ隠して、正吉一人の弔いをさせた。一人で黄泉路に行けってなもんだ。正吉はそれでいいとして、ゆかりさんが余る。だから墓穴に隠すしかなかったが、新しい墓穴を誰の協力もなしに掘るのは難しい。下手こくと相対死がばれちまう。もう掘ってある古いのを使った方が手間が少ない」

「……宗一がどうやって白泉先生の墓を、地獄石を開けたと言うんじゃ」

宗兵衛はうめくように尋ねた。

「あの地獄石ってなあ三十年前に普請した寺の石畳ですよ。寺の記録とつき合わせると、端の方が一枚足りないんです。丸い甕棺に四角い石の蓋、妙だと思ったら寺の石畳と同じ寸法、同じ模様。白泉先生の設計じゃない。あれだけ元々あそこにはなかったんだ」

――寺の石畳なんかをまじまじとよく見ていたのは、この男だけだった。吐いている間、目はおおよその寸法を測っていたそうだ。天井の染みを数えるような話だ。その後、縄で測り直した。

三十年前は霊禅和尚は出家すらしていない頃だったので、過去帳以外の記録も見ることになった──

「埋葬の記録が何をどうやっても蓋のとこだけなかった。誰かが綴り紐を引っこ抜いて、そこだけ破いて捨てちまったみたいに。恐らく、本物の白泉先生の甕棺の蓋はこれ」

朝槿は十徳の袂から陶器のかけらを出した。それは甕棺と同じ茶色の釉薬で焼かれている。

「甕棺の中に入ってやした。──白泉先生の墓、雷に打たれて壊れたって話だったが墓碑の方は何ともなかった。あんたが白泉先生とお弟子の筆蹟なぞってみせた。あの墓碑は後から作り直したもんじゃない。墓碑が無事なら村人が噂する〝墓が雷で壊れた〟って話は、壊れたのは甕棺の方だ。蓋をわざわざブッ壊して雷で壊れたなんて苦しい言いわけして、石畳と置き換えたやつがいる」

「宗一が──」

「あの地獄石を真上に持ち上げるには権太の剛力が必要だが、陶器の蓋を鍬でブチ割って除けるなら一人でできる。ブチ壊して隙間にゆかりさんを詰めて、上から見えねえように油紙でもかけておく。そこへ石畳を上から置いた。寺からあの墓場への道は下り坂だから石畳を真上に持ち上げる必要はなくて、村の若いの二、三人に手伝ってもらって引きずって落とせばいいんです。それも古い墓を直すって名目で堂々と頼みゃいい。中の仏さんが気の毒だから直すんだ。話として無理があるが、これなら三つ巴（みつどもえ）の恋がどうとか言う必要は全くないんだからうまくいきゃ総取りだ。やってみる価値はある」

「か、紙一枚で隠しただけで、誰かその下のゆかりに気づかんのか」

「〝白泉先生に失礼だ〟とか〝中を見たら祟られる〟とか言やあ皆、油紙を除けてまで墓ん中は見ない。そういうところが義理堅いやつに声をかけりゃいいだけです」

亡骸（なきがら）を見て辱めてはいけない――『古事記』にも書いてある。

「……なぜ白泉先生なんじゃ。他の墓なら蓋は木で、二度と開けることがない」

うめく宗兵衛に畳みかけたのは和斉だった。

「逆です、必ず開けるとわかっていたからでしょう。いつかゆかりさんを出して、晴れて夫婦として隣に弔ってもらえるかもしれない。犬に喰（く）われれば全てが終わる」

和斉は拝むように両手を合わせた。

「水銀製剤でゆかりさんの亡骸が腐敗しなかったのは偶然ですが、これはお天道さまの導きではないですか。〝賢者の石（フィロソーフス・ステーン）〟は残念ながら宗一さんの病を癒（いや）しませんでしたが、一つだけ奇蹟（きせき）を起こしました。今生で一緒になれなかったゆかりさんを女房として弔うのが宗一さんのたっての願いで、こたび我々がゆかりさんを見つけることになったのは、二人が浄土で一緒になるのを御仏が許した証（あかし）です。白泉先生も若い二人を見守っているのでしょう――」

「親父よ、もういいじゃないか。兄貴は惚れたおなごを殺された後、誰にも何にも言わずに七年もこの離れで苦しんでたんだ」

宗二が鼻をすすり、涙声で父親の小さな身体を揺すった。

「ゆかりの墓くらい隣に作ってやれよ。そんなに難しいことかよ。他にしてやれることないだろうが。金子はおれが何とかするよ、なあ」

守銭奴も息子に取りすがられては形なしだった。

本当のところ、宗一が龍田白泉の墓を選んだ理由は他にもあった。

「――強いて言えば、一連の出来事が享和四年だからではないか」

牛尾はだだっ広い本堂の隅に文机を置いて和斉と二人、膨大な過去帳を山積みにして端から見ていた。その記録の文を太い指でなぞった。

「享和三年は江戸の医者なら忘れない年だ――麻疹が大流行した。おれも和斉もその年に麻疹をやった」

――青木蒼右衛門も。

麻疹の流行は大体二十年周期で、紺之介はまだ罹ったことがない。享和三年の大流行は長崎出島から始まって江戸まで到達し、瀬戸内にいた朝槿は、同じ年の春先に罹って死にかけたそうだ。

「見ろ、享和三年の五月六月に没したのが八人もいる。麻疹で死ぬのは赤子が多いが戒名は皆、大人だ」

開いた帳面には〝信士〟〝信女〟とつく名ばかり、八つ。

「こんなもので済むはずがないので、赤子や子供は省略しているのだろう。――享和四年には鉄鍋をかぶった亡骸が墓場のあちこちに埋まっている」

牛尾はため息をつくように言った。

墓場は笹薮に囲まれた湿地の――享和四年のあそこには、新しい卒塔婆が八本。

――卒塔婆すら建てない子供たちの土饅頭は無数に。

紺之介の兄もそうなっていたかもしれなかった。

新しい死者だらけの墓場。

恋人を殺された男は、そこに立つまでこの世で一番自分が不幸だと考えていたはずだった。

「うっかり鉄鍋の墓を開けたら村に災いがあるやもしれん。麻疹が人から人にうつるものと知れたのは江戸でもここ十年ほど、二十年前なら悪霊や疫神の祟りで死人からもうつると思っていてもおかしくはない。開けていいのは大往生でいずれ再び開けると決まっている白泉先生の墓だけだ――無念の死にはほど遠い白泉先生は、あの墓場の死人の中で一番心が広い」

「棺も広い。麻疹の死人は慌てて埋めて穴が浅いから二人も入んねえよ。流行病じゃ続けて死人が出るから一個の棺に頑張って何人も詰め込むし、苦労して開けて満員御礼じゃ何やってんだか」

墓穴に落ちて這い出したばかりの朝槿の話には説得力があった――「粗忽にも朝槿が一人で落ちて、紺之介が引き上げてやった」ことになっていた。

「だが面白味がねえな」

朝槿は風呂上がりで借り物の浴衣一枚羽織って、やたらと洗い髪を梳っていた。髪を梳かしていると一層女のようで寺には不似合いだ。牛尾は顔をしかめた。

「真実に面白いも何もあるか」

「あるよ。あのな、おれたちの目的は何だ」

「ゆかりの真実を語って庄屋に納得してもらい、木乃伊を売り飛ばすのを思いとどまらせる」

「お人好しめ。――そちらの紺之介さんの勧めですっかり兄嫁のお弔いをする気になってる庄屋の次男に兄貴の悲しい身の上話で気持ちよく泣いてもらって、業突く張りのジジイの横っ面を張っ倒し、勢いで墓掘り普請やら何やらの代金をチャラにする、だ！」

言い切って朝槿は牛尾の鼻先に櫛を突きつけた。

「理と情の二段構えだ。次男がほしいのは薄情なてめえがこれまで知らなかった死んだ兄貴の暗い過去。和さん、何か人情に訴えて綺麗にまとめて泣き落としで終わるオチ考えてくれ。〝悲しい事件だったね〟とかいうの」

「えぇ、わたし？」

名指しされて和斉が間抜けな声を上げた。朝槿は身を乗り出し、指先でコツコツ文机を小突いた。

「男二人に女が一人、うち一人は情死に乗り遅れたうすのろ、もう鍋煮えてていい出汁出てんだから仕上げは戯作の先生が味つけした方が決まるだろ。人間は起きたこと正確に並べただけじゃ納得しねえんだろ。なぜそんなとか何を思ってとか教訓がないとかいちいちギャーギャー喚くんだろ。思ったことまで知るか！」

あるいは彼はまだ墓穴に突き落とされた怒りを持て余しているのかもしれなかった。

「理詰めで脳味噌ぶちのめした後に江戸芝居お得意の人情義太夫節で心揺らして次男泣かせて幕引きだ。おれが怒濤の理屈で正面突破して和さんが搦め手からも攻めるんだ」

――自分の得手不得手を把握しているのはすごいのかもしれない。

「本当のことだけで相手が納得しなかったときのために美しい逃げ道を残そう。おれはあの曲者のじいさんと喋ってたら情に訴えるとか忘れるから、適当なところで和さんが出張って終わらせてくれ。役割分担だ。おれが強めにスカッと論破して、和さんが取りなしていい感じに悲しくも切ない仕上がりにする。文学的なの頼むぜ。――ついでに白泉先生も売り飛ばさなくて済むやつ」

「〝ついで〟が一番難しい！」

無茶を言われて和斉が喚いた。

「銭のために人聞きのいい言葉を考えるのが生業だろ。おれが墓穴に落ちて死にかけたのも和さんのせいだし」

「どうして石畳を確かめに行っただけで死にかけるんだ！」

——朝槿のせいだと思う。

「別に白泉先生は売り飛ばしても削って飲んでも文句言わねえような気がするけど、まあ行きがかり上？　同業のよしみとしちゃよう」

この期に及んで、悲しいことも気まずいことも何一つない龍田白泉の生きざま、あるいは死にざまは偉大で尊敬に値した。大量の柿の種には亡骸の腐敗を防ぐだけでなく、死の悲愴感を和らげる絶大な効果があった。

——抜け殻を残して飛び去る蟬のように、死者はこの世に未練など残さない。

未練があってほしい、悲しい、何か語ってほしいと喚くのは生者ばかりだ。

九

後の調査、弔いの段取りなど話し合うことはまだまだあった。

話の間、紺之介は目が合ったときに軽く百合に手を振った。

彼女は会の後、玄関の外で紺之介を待っていた。皆には先に離れに行ってもらい、少し二人で話すことにした。

庄屋の庭には竹垣のそばに芍薬が咲き、月明かりの下で美しく頭を垂れている。緩みかけた蕾の横でどっさりとした花弁が音もなく地面に散り落ちているのも堂々として悲しげではない。低くざらつく不思議な音がするのは螻蛄の鳴き声なのだそうだ。春の宵はいい。月の光が淡くて嫌なものが見えない。

百合に会うともっと惨めな気持ちになると思っていたのに、ほっそりとした立ち姿を見ると安堵すらした。以前より親しみを感じるのは、我知らず気負うところがあったからだろうか。

「怖い思いをさせてしまったな。助けに行けなかったこの身が不甲斐ない」

「いえ……」

嘉一郎など知ったことではないが、紺之介が謝りたかったので謝った。

「あの……紺之介……様」

百合の声には戸惑いが感じられる。紺之介をどう扱っていいのかわからない。そうなのだろう。

腫れ物に触るようなのは願い下げだ。紺之介が先に切り出した。

「師匠に叱られてしまった」

「わたしの早とちりで、大変ご迷惑を」

百合は頭を下げるが、紺之介がしたい話を勝手にしているだけだ。

「その件ではなく、拙者が煮えきらんと。ちゃんと男の医者のふりをせよと言うのでござる」

「は？」

百合が怪訝げに聞き返した。まあおかしな話だ。

「あれはいつも拙者の男のふりが足りんとけちをつける。──おなごは男の医者に見られるのも触れられるのも嫌がって、病になっても黙って死ぬ。拙者に男として医者になって女人を助けろと言うのでござる、無茶なことを」

「……無茶なのですか？」

「無茶だ。学問など向いておらぬ。賢い者がこんな顔になると思うか」

「どんなお顔か知りません。今朝はよく見えませんでした」

百合が少し拗ねたように言って、紺之介ははっとした。

「……今はひどいぞ。もう少し経ったら戻る」

「おなごが顔にそれほどの傷を負って、元に戻せるとは大変な名医ではないですか。お師匠様は立派な方です」

「りっ……」

……そんな見方があるとは思ってもみなかった。

「変わった髪型でどういう方なのかと思っていましたが、お若いのに実に聡明な学者様です。わたしが生まれるより前のことが、あんなによくおわかりで。そんな方に見込まれている紺之介様もきっと素晴らしい女医者になりますよ。男の格好をしなければならないのは大変でしょうが……」

そこは別に――とは言いにくい。朝槿の考えた嘘は早くも効き目が出ていた。他にそれらしい理由があれば、紺之介の趣味だとは誰も思わないのだ。

紺之介にとっては願ったり叶ったりのはずだったが、なぜだか寂しいものもあった。

本当のことなど言いたくないし誰がわかってくれるはずもない。

なのに百合には打ち明けてみたくなった。

それで拒まれても、気味悪がられても、彼女なら――

「――紺之介様、やはりおつらいのですか。傷が痛みますか？」

心配そうな百合の声で、紺之介は自分が泣いているのに気づいた。

「医者にも学者にもなりたくない……」

自分でも子供のようだと思い、袖で涙を拭った。

やりたくないと言って、手立てを選べるような身ではない。

女医者を目指す案は、渡れない川に架かったたった一つの橋だった。

狙われて袋叩きにされるとわかっていても、そこを渡るしかない。弓矢や火縄銃の的にされるだけだと決まっていても。

渡った先にも敵しかいないとしても。

女の目明かしなどいても誰も喜ばないが、女医者なら少しは道理が通る。人助けにもなる。

神にも仏にも祈れない願いは、学者になって水銀を練って叶えるしかない。
それでも、そんな大層なことではないはずなのに。
そのとき、芍薬の蕾がぽんと音を立てて開いた。明日には大輪の花になるのだろう。

参考文献

『江戸の科学者』　新戸雅章　平凡社
『江戸の科学者』　吉田光邦　講談社
『小野蘭山』　小野蘭山没後二百年記念誌編集委員会編　八坂書房
『教養としてのミイラ図鑑　世界一奇妙な「永遠の命」』　ミイラ学プロジェクト　ベストセラーズ
『近世日本の医薬文化　ミイラ・アヘン・コーヒー』　山脇悌二郎　平凡社
『権力者と江戸のくすり―人参・葡萄酒・御側の御薬―』　岩下哲典　北樹出版
『朝鮮人参秘史』　川島祐次　八坂書房
『日本梅毒史の研究　医療・社会・国家』　福田眞人・鈴木則子編　思文閣出版
『日本ミイラの研究』　日本ミイラ研究グループ編　平凡社
『墓と埋葬と江戸時代』　江戸遺跡研究会編　吉川弘文館
『平賀源内』　芳賀徹　朝日新聞出版
『平賀源内――その行動と思想――』　塚谷晃弘・益井邦夫　評論社
『本草学者　平賀源内』　土井康弘　講談社
『薬用昆虫の文化誌』　渡辺武雄　東京書籍
『病が語る日本史』　酒井シヅ　講談社

本書は書き下ろしです。

最強の毒（さいきょうのどく）
本草学者の事件帖（ほんぞうがくしゃのじけんちょう）

汀（みぎわ） こるもの

令和6年 6月25日　初版発行

発行者●山下直久

発行●株式会社KADOKAWA
〒102-8177　東京都千代田区富士見2-13-3
電話　0570-002-301（ナビダイヤル）

角川文庫 24072

印刷所●株式会社暁印刷
製本所●本間製本株式会社

表紙画●和田三造

●お問い合わせ
https://www.kadokawa.co.jp/（「お問い合わせ」へお進みください）
※内容によっては、お答えできない場合があります。
※サポートは日本国内のみとさせていただきます。
※Japanese text only

ISBN 978-4-04-114201-1　C0193

角川文庫発刊に際して

角川源義

第二次世界大戦の敗北は、軍事力の敗北であった以上に、私たちの若い文化力の敗退であった。私たちの文化が戦争に対して如何に無力であり、単なるあだ花に過ぎなかったかを、私たちは身を以て体験し痛感した。西洋近代文化の摂取にとって、明治以後八十年の歳月は決して短かすぎたとは言えない。にもかかわらず、近代文化の伝統を確立し、自由な批判と柔軟な良識に富む文化層として自らを形成することに私たちは失敗して来た。そしてこれは、各層への文化の普及滲透を任務とする出版人の責任でもあった。

一九四五年以来、私たちは再び振出しに戻り、第一歩から踏み出すことを余儀なくされた。これは大きな不幸ではあるが、反面、これまでの混沌・未熟・歪曲の中にあった我が国の文化に秩序と確たる基礎を齎らすためには絶好の機会でもある。角川書店は、このような祖国の文化的危機にあたり、微力をも顧みず再建の礎石たるべき抱負と決意とをもって出発したが、ここに創立以来の念願を果すべく角川文庫を発刊する。これまで刊行されたあらゆる全集叢書文庫類の長所と短所とを検討し、古今東西の不朽の典籍を、良心的編集のもとに、廉価に、そして書架にふさわしい美本として、多くのひとびとに提供しようとする。しかし私たちは徒らに百科全書的な知識のジレッタントを作ることを目的とせず、あくまで祖国の文化に秩序と再建への道を示し、この文庫を角川書店の栄ある事業として、今後永久に継続発展せしめ、学芸と教養との殿堂として大成せんことを期したい。多くの読書子の愛情ある忠言と支持とによって、この希望と抱負とを完遂せしめられんことを願う。

一九四九年五月三日

角川文庫ベストセラー

おそろし
三島屋変調百物語事始
宮部みゆき

17歳のおちかは、実家で起きたある事件をきっかけに心を閉ざした。今は江戸で袋物屋・三島屋を営む叔父夫婦の元で暮らしている。三島屋を訪れる人々の不思議話が、おちかの心を溶かし始める。百物語、開幕！

あんじゅう
三島屋変調百物語事続
宮部みゆき

ある日おちかは、空き屋敷にまつわる不思議な話を聞く。人を恋いながら、人のそばでは生きられない暗獣〈くろすけ〉とは……宮部みゆきの江戸怪奇譚連作集「三島屋変調百物語」第2弾。

泣き童子
三島屋変調百物語参之続
宮部みゆき

おちか1人が聞いては聞き捨てる、変わり百物語が始まって1年。三島屋の黒白の間にやってきたのは、死人のような顔色をしている奇妙な客だった。彼は虫の息の状態で、おちかにある童子の話を語るのだが……。

三鬼
三島屋変調百物語四之続
宮部みゆき

此度の語り手は山陰の小藩の元江戸家老。彼が山番士として送られた寒村で知った恐ろしい秘密とは!? せつなくて怖いお話が満載！　おちかが聞き手をつとめる変わり百物語、「三島屋」シリーズ文庫第四弾！

あやかし草紙
三島屋変調百物語伍之続
宮部みゆき

「語ってしまえば、消えますよ」人々の弱さに寄り添い、心を清めてくれる極上の物語の数々。聞き手おちかの卒業をもって、百物語は新たな幕を開く。大人気「三島屋」シリーズ第1期の完結篇！

角川文庫ベストセラー

完本 妻は、くノ一（四）美姫の夢／胸の振子　風野真知雄

彦馬が美しい女性と歩いている場面を目撃し、心乱される織江。そんな織江に、お庭番からは次々と強力な討っ手が差し向けられる。松浦静山が活躍する書き下ろし短編も収録、読みやすくなった完本版第4弾！

完本 妻は、くノ一（五）国境の南／濤の彼方　風野真知雄

彦馬への想いに揺れる織江、静山に諸外国を巡るよう任ぜられた彦馬、織江を狙う黒い影――。すべては長崎に集結する。2人はともに日本を脱出することができるのか？ 語り継がれる時代シリーズ、ついに完結！

葵の月　梶 よう子

徳川家治の嗣子である家基が、鷹狩りの途中、突如体調を崩して亡くなった。暗殺が囁かれるなか、側近の書院番士が失踪した。その許嫁、そして剣友だった男は、それぞれの思惑を秘め、書院番士を捜しはじめる――。

お茶壺道中　梶 よう子

優れた味覚を持つ仁吉少年は、〈森山園〉で日本一の葉茶屋を目指して奉公に励んでいた。ある日、番頭の幸右衛門に命じられ上得意である阿部正外の屋敷を訪ねると、そこには思いがけない出会いが待っていた。

三年長屋　梶 よう子

ゆえあって藩を致仕した左平次は、山伏町にある三年長屋の差配を勤めることに。河童を祀るこの長屋には3年暮らせば願いが叶うという噂があった。おせっかいの左平次は今日も住人トラブルに巻き込まれ……。

角川文庫ベストセラー

お江戸やすらぎ飯　鷹井伶

幼き頃に江戸の大火で両親とはぐれ、吉原で育てられた佐保には特殊な力があった。体の不調を当て、症状に効く食材を見出すのだ。やがて佐保は病人を救う料理人を目指す。美味しくて体にいいグルメ時代小説！

お江戸やすらぎ飯　芍薬役者　鷹井伶

人に足りない栄養を見抜く才能を生かし、料理人を目指して勉学を続ける佐保。芍薬の花のような美貌の人気役者・夢之丞を、佐保は料理で救えるか――？　美味しくて体にいいグルメ時代小説、第2弾！

お江戸やすらぎ飯　初恋　鷹井伶

人に足りない栄養を見抜く才能を活かし料理人を目指す佐保は、医学館で勉学に料理に奮闘する。美味しくて体にいいグルメ時代小説、第3弾！

おとめ長屋　女やもめに花が咲く　鷹井伶

尽くせば尽くすほど嫌われてしまう。男に追い出された千春は、ひとりで生きていくことを決意するが、住み込みで働いた店で夜這いをかけられる始末。そんな男運のなさを嘆く彼女に、女だけの長屋の誘いが――。

わたしのお殿さま　鷹井伶

山深い里で、男として厳しく育てられた刀匠の娘・美禰。彼女の前に現れたのは、類まれな才能を持っているがゆえに疎まれ、配流された孤高の殿・忠輝。やがて美禰は忠輝の側にいたいと望むようになるが――。